犬飼さんは羊さんでぬくもりたい

Inukaisan ha Hitsujisan de nukumori tai

モト
by Moto

CHARACTER

Inukaisan ha Hitsujisan de nukumori tai

犬《いぬ》飼《かい》光正《みつまさ》（27）

犬姿に変化する、ジャーマンシェパードの犬獣人。
その美しさ故に多くの誘惑と嫉妬を浴び続け、
ゆっくり寝ることもできず人間不信な不眠症に。
羊太の匂いともふもふな毛が好き。

温《ぬく》井《い》羊《よう》太《た》（28）

祖母が営む手芸店で働く、髪の毛がもふもふ天パな羊獣人。
初めての男の恋人（イケメンノンケ）に
浮気の末こっぴどくフラれてしまい、
次の恋に進めないでいる。
毛はコンプレックス。

イラスト　末広マチ

犬飼さんは羊さんでぬくもりたい　第一章

一.

商店街の一角に、赤い屋根に白壁の小さい手芸店がある。

チリンチリン。

鈴の音が鳴るレトロなドアを開けると、壁棚にびっしりと置かれている色とりどりの羊毛糸が視界に飛び込んできた。

ぬくもりのある色に包まれた柔らかい空間は、どこか別世界に迷い込んだかのよう。

一つ、羊毛糸を手に取ってみた。なめらかな手触りとふんわりとした風合い。これを編んで洋服を作れば、着心地がよさそうだ。

「いらっしゃいませ」

店主は愛想がよく、にこにことした笑顔がチャーミングなおばあさんだ。売り物の羊毛糸に負けないくらいふわもことした白い髪の毛は、三つ編みに結われている。

「何かお困りでしたら、お声がけください」

その隣で、店主と同じ髪の色の青年が、これまた愛らしい笑顔で客を出迎えた。

◇

「羊太《ようた》くん！　お願い、僕の代わりにバイトに出て！」

俺、温井《ぬくい》羊太と祖母の佳代《かよ》が営む手芸店は、一階が店、二階が住居スペースとなっている。

十九時。閉店時間を迎え、店を閉めて自分の部屋に入った。

室内はスンと冷気を纏《まと》っており、寒い寒いと、こたつの中に足を突っ込む。じわじわと温かさを感じ始めた頃、ふぅっと一息ついた。

夕食も風呂もまだだけど、一度こたつに入ればなかなか簡単には立ち上がれない。

暖を取っていると、タタッと部屋の外から軽やかな足音が聞こえる。

祖母じゃない、誰だろう、とドアに目を向けた時だ。従兄弟《いとこ》の一郎《いちろう》が勢いよく部屋に入ってきて抱きつき、そう言ったのだ。

「――バイト？　いきなりなんだよ」

「急にバイトに出られなくなっちゃったの。お願い！」

一郎の両手を合わせる音がパンッと狭い室内に響く。

突然だと思いながらも、一郎の家とうちは近所で彼とは物心ついた頃から遊び、今でもよくつるんでいる。それに以前、彼に店番を頼んだことがあるため、都合が合うならバイトを代わってもいい。

そう思ったけれど、一郎が俺の胸に押し付けた名刺を見て、やめた。

「絶対、やだ」

「そう言わずに！　厭《いや》らしい仕事じゃないから！」

顔をしかめながら、渡された名刺をもう一度見た。

何度見ても受け取った名刺には、【添い寝フレンド　ぬくぬく】と書かれている。

（添い寝フレンドだって……？　一緒に寝るってことだよな？）

「絶対やだって。お前、馬鹿《ばか》だ馬鹿だと思っていたけど、こんなバイトしていたの？」

説明を聞くまでもない。その名刺を一郎に突っ返した。

とっとと帰れ、と抱きつく一郎を引き離そうとするが、俺以外頼める相手がいないだとかで離してくれない。

おまけに「羊太くんなら絶対出来るから！」と勝手な言い分で、添い寝バイトのことを説明し始めた。

【添い寝フレンド　ぬくぬく】は、その名の通り、添い寝サービスを行う店だ。

〝人肌恋しい、一人でどうしてもいたくない夜にぬくもりと癒しの時間を〟というのが店のコンセプト。

客は孤独を抱えていることが多く、安心感とぬくもりを提供する。

説明を聞いても拭えない怪しさ。

「頼む。他を当たってくれ」

「大丈夫、性的なサービスは一切禁止の店だから！」

「そういう問題じゃないの。なんで俺に頼むんだよ」

「羊太くんが僕と同じ羊獣人だから！　髪の毛で前隠したら——ほら、僕っぽいでしょ？」

そう言って一郎が俺の白い髪の毛をワシワシと乱暴に扱った。もふもふの髪がさらにこんもり膨らんで顔の半分が隠れる。

「このバイト、羊獣人は人気で給料二倍なんだ！」

屈託のない笑顔を向ける一郎に思わず溜《た》め息をついた。


そう、俺の髪の毛は羊毛だ。そして、羊獣人。

この世界には人間によく似た獣人が存在する。

獣人とは、人と動物の両方の特徴を持つ生き物で、人間と同じように育ち、仕事を持ち、人間社会で暮らしている。

獣人のタイプは、一部型と変化型に分類される。

一部型は、髪の毛や耳、尻尾など一部分のみ動物の特性が現れ、その現れ方は個体により異なる。

変化型は、普段は人間の姿をしているが、完全な動物に変化することも出来る。変化時も人としての意思はあるが、言葉が話せない。

そして、俺は髪の毛に動物の特性を持って生まれた、なんとも地味な特徴の獣人だ。

さらに中途半端なことに、体毛の中で陰毛だけが髪の毛と同じでモフモフしている。他は体毛が薄いのに、そこだけ……。初体験で笑われたことがあるのでコンプレックスだ。

ほら、とまだ諦めていない一郎が自分自身の髪の毛もぐしゃぐしゃと掻《か》いた。俺より若干毛量が少ない彼の髪の毛もモコリと膨らむ。

「僕もバイトしている時、目元を髪の毛で隠しているの。視線が合わない方が安心するお客さんも多いんだ。今回は新規のお客さんだし、バレないって！」

「そんなに大事な仕事なら自分で行けって」

「僕だってそうしたいよ……」

一郎は小指をそっと立てた。

「はぁ、彼女？」

聞けば、添い寝バイトが彼女にバレてしまい辞めなくてはならないそうだ。「私かバイトか」そんな風に天秤《てんびん》にかけられて一郎はバイトを辞める決心をした。

「……」

内緒で添い寝バイトをしている一郎が悪いだろう。自業自得もいいところ。

話をする気にもなれなくて立ち上がった。出て行けと彼の腕を引っ張って部屋から追い出そうとするが、いやいやと首を横に振って抵抗される。

「これから会う客はオーナーの紹介だから断れないんだって！　でも彼女と別れるなんて絶対嫌なんだ！　ね、今日だけ！　今日でこの仕事で辞めるから！」

聞き捨てならない言葉が、一郎の口から出てきた。

「――――ちょっと待て、これからって？」

「二十三時の約束なんだ」

非常識すぎる一郎が、今度は俺の足にしがみついてきた。普段ジムに通っている彼は、縫物趣味な俺より力が強い。

過去の経験上、ごねだしたら、しつこく食い下がってくることを知っている。

何より俺はそんな一郎に割と弱い。羊の穏やかな性質のせいか、争いごとが苦手だ。

「分かった……、どこへ向かえばいいの？」

◇

一郎からバイト内容を聞いたあとは身支度をする。

シャワーを浴び、乾かした髪の毛を整えず爆発させて、言われた通りに顔を半分隠した。服装はベージュのセーターと白のスウェットパンツ。柄物を好んで着る自分だけど、添い寝に邪魔にならない地味めの服装を選ぶ。

慌しく準備を済ませ、一郎が手配したタクシーに乗り込んだ。後部座席の窓を半分開けて見送る一郎に向かって呟《つぶや》く。

「ぬいぐるみ」

「ん？　羊太くん、なに？」

「ぬいぐるみにでもなった気分で添い寝するよ」

「はは」

一郎にひらひらと手を振って、運転手に出発の声をかけ、その場を離れた。

依頼客は、二十代の男性で、特に要望はないと聞いている。

今回の添い寝時間は九十分だ。キャストと呼ばれるスタッフは全員獣人。

愚痴を聞いたり相談に乗ったり、無言で添い寝したり、その客に合わせて対応を変える。また髪の毛に触れたり、抱きしめたりといった、軽いボディタッチは可能だが、性的な触れ合いはＮＧ。

――癒しの時間を……か。

タクシーの中で一郎からメールで送られてきたバイトの詳細と〝ぬくぬく〟のホームページを確認していると、あっという間に指定先のビジネスホテルに到着した。

フロントに声をかけ、簡素なホテルの通路を通る。

２３０１号室。

部屋番号を確認して、ドアをノックすると、室内から若い男の声で「ハイ」と返事がある。

「こんばんは。〝ぬくぬく〟から参りました」

室内からこちらに向かってくる足音が止まり、すぐにドアは開いた。

どんな見た目でも反応しないよう心の中で思っていたけれど、予想を遥《はる》かに上回る客の容姿に一瞬マヌケ面をしてしまった。

ドアを開けた人物は、ハッと目が覚めるような凄艶な美貌だったのだ。

モデルのような八頭身、バスローブから覗《のぞ》く逞《たくま》しい胸元。シャワーを浴びたばかりなのか、濡れた黒髪がやけに艶やかだ。

(うわぁあ……おったまげた)

——二十八年生きてきて、こんなに整った男に初めて出会った。

心臓が跳ねたけれど、これは仕事だと思うとちょっと冷静になる。

「本日は、よろしくお願いします」

「はい。どうぞ、中へ。今日はよろしくお願いします」

いい男からの返事。

やっぱり、この美形が添い寝サービスの依頼主。

なんのために、添い寝サービスが必要なのかな。これほど秀でた美貌なら頼まなくても、老若男女問わずごまんと人が寄ってくるだろうに。

「こちらへ」

案内された部屋の中央にはダブルベッド。男はすぐにそこには向かわず、窓際の椅子に座るように勧めた。

軽く頭を下げて座ろうとすると、向こうも頭を下げる。

――……雰囲気が固い。ここは会議室か何かか？

「犬飼光正《いぬかいみつまさ》と申します。他にも自己紹介が必要でしょうか？」

「いえ……」

添い寝サービスの顧客情報は店が管理していて、本名をスタッフに伝える必要はない。

固い挨拶から、この男がこういったサービス自体に不慣れなことが分かる。

俺も緊張しているけれど、美貌の男も困惑している様子だ。

「ご丁寧にありがとうございます。個人情報は店が管理していて、私に伝える必要はありません。ただ、話したいことがあれば、お好きにどうぞ」

この添い寝サービスは〝フレンド〟。

単に添い寝するだけではなくて、親しい間柄のように、なんでも打ち明けてほしい。

先程覚えたばかりのサービス内容を犬飼に説明するが、その間、彼は姿勢を全く崩さない。

（ウ～ン……）

やっぱり、空気が固い。これじゃ癒しどころか疲れさせるだけだろう。

添い寝するにしても、まずは雰囲気を作らなくちゃいけないんだ。

友達のように。

「……今の時間だけ、光正さんとお呼びしてもよろしいですか？」

「はい。貴方《あなた》のことはどうお呼びすれば？」

「申し遅れました。では、よう——……羊《ひつじ》と呼んでください」

一郎のスタッフ名は、ジロウだ。自分もそう名乗るべきだったのに、相手の真面目な様子にうっかり本名を伝えるところだった。

犬飼の様子を見ると、キャスト名を気にしている様子はない……というか、そこまで気が回らないって感じがする。

「では、光正さん、こちらへ」

ガッチガチに固い空気を打破するべく、椅子から立ち上がって犬飼の手をそっと握り、ベッドに誘った。

絶世のイケメンをベッドに誘うなんぞ今後も絶対ないだろう。

犬飼をベッドの端に座らせると、仕事だと割り切って、自分も彼の横にチョコンと座る。

椅子に座って向かい合った時より至近距離。質疑応答みたいな雰囲気は少しマシになるはず……。

「……」

「え、へへ」

それで、ここからどうすればいいんだ？

一郎の説明とホームページにはこういう時の打開策は載っていなかった。何も思いつかず焦っていると、彼の方から切り出された。

「羊さん、少しお話ししてもよろしいでしょうか？」

「はい、勿論《もちろん》です」

「こちらのサービスは、同僚に勧められたのです。ここ二年ほど不眠が酷《ひど》いものですから」

不眠。……確かに犬飼の目の下にはクマが出来ている。ただ、そのクマは犬飼の美貌を損なうようなものではなくて、彫りが少し深く見え、大人の色気すら感じる。

「睡眠薬を飲めば眠れますが、量が増えると次の日に影響が出ますので、最近は我慢しております」

病院を受診して、全身の健康状態も診てもらったが、疾患もなく健康状態は良好。日中運動量を増やしたところで寝付きはよくならない。身体は疲労で日々鉛をつけたように重くなっていく。

「それは、辛《つら》いですね。寝不足の頭では、細かい確認が難しいでしょうし」

「まだ大きなミスはありませんが――……いえ、こんな話つまらないです。やめましょう」

はい。と頷《うなず》こうとするけれど、犬飼の硬い表情を見て、もう一度提案する。

「……光正さんのつまらない話、私は聞いてみたいです」

知らない間柄の方が言いやすいこともあるだろう。つまらないダジャレでも愚痴でもなんでも言っていい。今ここはそういう空間だ。

寄り添うことが、このサービスの醍醐味《だいごみ》なのだと思う。

「俺で息抜きをしませんか？」

「……」

沈黙。

彼みたいなタイプは言えないことが溜まっているのではと思ったけれど、何か的外れなことを言ってしまったのだろうか。

「……えっと、別に言いたくなければ」

「……いえ」

犬飼は腕組みをして前のめりになった。

暫《しばら》くの沈黙のあと、静かに話し始める。

「仕事にやりがいはあります。ただ、細かい作業が多い仕事なので、作業時間を二倍にして何度もチェックしています。今のような作業効率では時間に追われることも多いです」

「――……はい」

彼は悩みをゆっくりと重く、吐き出し始めた。

いつか取り返しのつかないミスをしてしまう気がすると悩む彼は、責任感もプライドも高く持っているのだろう。どんな職種かは知らないけれど、神経質すぎるほど真面目に働く彼が想像できた。

静かに頷いていると、無表情の彼が自嘲めいた笑みを浮かべる。

「事情を知る同僚が一人いて、〝人肌で温めてもらえ〟と」

「変な人ですね」

「全くです」

話を聞きながら、こんなサービスではなくもっと専門機関を探すべきではないかと思う。

だけど、今ここにいるってことは、彼が欲しているのは、そんな助言じゃなくて――。

〝ぬいぐるみ〟

「あの、頭に触れてみませんか？」

「え？」

「なんだか頭に視線を感じましたので、気になっているのかと」

話している時もずっと頭に視線を感じていた。

爆発させたままなので、身長が高い彼から俺を見れば白い塊が頷いているように見えるのかもしれない。

「――――確かに。気になっていました」

「私は羊獣人で、髪の毛が羊毛なんです。手触りにはちょっと自信がありまして……お嫌でなければ、どうぞ触ってみてください」

声をかけると、犬飼の骨ばった長い手が俺の髪の毛に伸びた。そっと膨らみを押すように髪に触れる。

一度、もう一度。

もふぅっとなる感触を楽しんでいるみたいだ。

「すごい……ふわ、ふわ。……手が沈む」

「ふふ」

「……」

一郎の指示はよかったようだ。

もふもふと髪の毛を爆発させているだけだけど、雰囲気を柔らかくするのを手伝ってくれた。

普段は見知った人にしか髪の毛なんて触らせないけれど、こういうバイトだし。

（うん……喜んでくれているもんね）

「お好きなだけどうぞ」

「はい」

律儀に返事をする犬飼。その目の下のクマを改めて見る。

室内に入ってきた時、玄関口の靴箱にクラシックなブランド物のビジネスシューズが見えた。きっと仕事帰りだろう。

「お疲れでしょう。横になりながら触ってください」

「……分かりました」

プロならもっとナチュラルに添い寝まで持っていくだろうなと思いながら、ようやく添い寝を提案する。

ベッドの中心に横になる犬飼の隣に、失礼しますと自分も横たわった。

ぎょっ。

ガウンを羽織っている隙間から彼の筋肉質な厚い胸元が見える。

思わず視線を外すと、次に骨ばっている首筋や鎖骨が視界に入った。どこに視線を置くべきかと目を彷徨《さまよ》わせるが、この男に死角はなかった。

この造形美、モテないはずがない。随分な数の女性を泣かせただろうな。

「このサービスを選んだのは、プロなら後腐れがないと思ったからです」

一瞬、思ったことが口に出てしまったのかと思ったけど違った。タイミングよく彼が言っただけだ。

「その気はないのに、気を持たせてしまう。嫌味ですよね」

「……」

口を挟まず、静かに聞いていると、彼は訥々《とつとつ》と話し始める。

犬飼は学生時代から、ひっきりなしに女性にアプローチされて困っていた。

少し話しただけで好意を寄せられ告白される。時には、ホテルに連れ込まれそうになったり、付きまとわれたり、迷惑行為に発展することもあるのだそう。

目の前で取り合いになった時は、暫く女性不信になったのだとか。

——女を狂わせるほどの美貌……か。

犬飼の美貌なら、そうなってしまう気持ちも分かる気がする。

そう思っていると、彼は話しすぎたと口元を手で押さえた。

「何故《なぜ》でしょうか……羊さんは、話しやすいですね」

「そうですか？　あぁ、もしかして、目元を隠しているからかもしれないですね。光正さんは視線疲れしているようですから」

「それだけではありません。……髪、もう一度触っていいですか？」

「はい」

犬飼は触りやすいように身体を寄せてきた。

石鹸《せっけん》の香りの中に微《かす》かに彼の体臭を感じる。それがあまりに好みで、ひゅっと喉が鳴った。

嘘《うそ》だろう、匂いにまでウットリさせられるのか。

しっかりしろと眉間に力を入れた。

再び、彼の長い手が柔らかく触れてくる。気に入ったのか、今度は両手で。

「羊さんは、とてもいい匂いがします」

犬飼は頭に顔を寄せて、スンと匂いを嗅いだ。

「……」

「ずっと触っていたい」

「……」

（……ひえぇぇぇえ）

超絶いい男にこんなことを言われたら、どんどこどんどこと心臓が早鐘のように鳴ってしまう。

確かにこれは、仕事だと割り切っていないと、ただごとでは済まない。

なんとか振り絞って小声で「……ど、どうぞ」と声をかけた。

すると、ただフワフワと撫《な》でるだけの手つきに遠慮がなくなり、髪に指をくるりくるりと絡め始める。

（あ……犬飼さんの手……）

髪を弄《いじ》る彼の手つきは、編み物をしているように思えた。

柔らかい羊毛を
はさんで
輪にして

くぐって
絞って
結び目がほどけないよう
編み込んでいく。

犬飼の指の動きに、目を閉じる。添い寝バイトのことを忘れて、頭の中で編み物をしていた。

そして俺の髪を触れているその手が止まった。

「ん？　……光正さん？」

「……」

返事はなく、見上げると瞼《まぶた》は深く閉じられていて、規則正しい呼吸が聞こえる。

——寝た。

ホッと息を吐き、起こさないように、そっと自分の髪の毛から彼の手を離した。

犬飼は深い眠りについてしまったようで、目を開ける様子はない。

長いまつ毛に、高い鼻、丁度いい厚みの唇。一つ一つのパーツが綺麗《きれい》に整っている。

超絶イケメンを間近で眺めるチャンスなんて、もう二度とやってこないだろうと、じっくり堪能する。

そうしているとバイト時間が終了となり、ベッドからゆっくり立ち上がると、もそりと彼の身体が動いた。

彼が目覚めたわけじゃない。

彼の身体がもそもそと動いている。……正しくは、身体が縮んで、体毛が生え変化している。

息を飲んで、その変化を見守った。


「―――シェパードだ」

尖《とが》った耳、真っ黒な鼻、肉球のついた足、太くてふさふさの尻尾。艶やかな黒と茶色の毛並み……

……ジャーマン・シェパード。

完全な犬がベッドで眠っている。

変化型の獣人だ。

俺のような一部分だけの獣人とは違い、変化型は完全な動物になる。

言葉も話せないため、常に人型を保ち、滅多なことでは変化を解かず人間として生活することが多いと聞く。

「獣人だったんだ」

犬飼は変化が解けるほど、疲れていたのだろう。

薄い掛け布団を彼にかけてベッドから離れ、帰り支度をする。

料金は前払い。そしてホテルの場合は鍵の心配もいらない。客が寝てしまった場合はそのまま帰っていいことも事前に聞いている。

『犬飼光正様、本日はありがとうございました。どうぞ、ご自愛ください』

ゆっくり眠ってほしいから、そう書き置きだけ残して、部屋を出た。

二.

「羊太ぁ、ちょっと来てちょうだい」

店の隅でパソコンを触っていると、接客している祖母が俺を呼んだ。

接客は主に祖母、在庫管理や通信販売は自分が担当している。とはいっても個人店なので、臨機応変に対応していた。

「はーい。お待たせしました」

祖母の元へ向かうと、長テーブルを数人で囲んで編み物教室が開かれていた。

祖母の教室は不定期開催で、内容も気まぐれ。糸紡ぎや手織り体験、羊毛の取り扱いやセーターの手入れだったり、またある時は縫物だったり、刺繍《ししゅう》だったりする。

明るい祖母は人を吸引する。都合よく引っかかった客にベラベラと話し相手になってもらうのだ。

今日の客は馴染《なじ》みの顔ぶれだ。俺のことも子供の頃から知っているような人ばかり。「羊太ちゃん、相変わらず肌ツヤがいいわね」「お菓子あげようか」などと言ってくれる。

「ん、今日はいいや。いつもご利用ありがとうね」

俺の接客なんぞ、普段はこんなもの。小さな商店街の身近な間柄の中に敬語など、逆に距離を感じ接しにくいのだそう。

祖母の話を聞こうと顔を寄せると、耳を軽く引っ張られた。

「まぁ、アンタ、またピアス開けたの？」

「ばぁちゃん、そんなことで俺を呼んだの？　通販作業中だってば」

「いやねぇ。羊太に頼みたいことがあるのよ。ほら皆、羊太に注文してちょうだい」

すると、「深緑色の羊毛フェルトが欲しいの」「極太の毛糸が欲しいけど、何センチが最大？」などと客が一斉に質問と注文をしてきた。

今日の客はネットに強い世代ではないので、パソコン注文は不得意だ。

エプロンから慌ててメモ帳を取り出して、「待って。順番に聞くから」と一人ひとりの要望を聞きながら、店の在庫を考える。ないものは調べたあと、発注しなければ。

細かい要望を聞くことは、需要の有無を知ることが出来て、意外に発注作業にも役に立つ。

接客に関しては祖母に教わったが、この人は在庫管理をやりたがらなくて、俺に任せっきり。自由気ままだ。

「羊太ちゃんは、お洒落《しゃれ》でいい子なのに、色恋の話が全くないね」

「そうなのよ、我が孫ながら可愛《かわい》すぎるのがいけないのかねぇ。それとも理想が高いのか」

「どういう子がタイプなの？」

いつの間にか話題が俺のことになっている。

話のカモになってたまるかと彼女達を軽く受け流して、その場を離れた。

奥の部屋で在庫確認をした後、店内の棚に羊毛糸を補充していると、ブブ……とズボンの中に入れっぱなしの携帯電話が揺れる。

画面を覗くと、一郎からメールが入っていた。

『仕事が終わったから、今から向かうね。今日は僕の奢《おご》りだから沢山食べてね！』

絵文字たっぷりのその文面は賑《にぎ》やかで、一郎の内面がそのまま表れている。

バイト代行の礼に食事を奢ってくれるのだそう。

『了解』と返事をしながら、本日中の作業に取り掛かった。


その連絡から一時間後、一郎は「お疲れ〜、漫画読んで待っているから」と店にやってきて、二階の俺の部屋に入っていった。

ようやく閉店時間になって一郎を呼ぶと、待ってましたと言わんばかりに彼は二階から駆け下りてきた。俺の腕をグイグイ引っ張って店へと向かう。

「――……もっと高級なところがよかった」

「なんで。ここの店、美味《おい》しいでしょ」

チューハイ480円、ハイボール480円、唐揚げ680円、イカゲソ680円、焼きそば880

円。串カツ盛り合わせ１０８０円。

　メニューが壁一面にある居酒屋だ。いつ来ても席は埋まっていて、ガヤガヤと小うるさく活気がある。

「添い寝代行《あいうバイト》させたら、もっと豪華なモノを振る舞うべきだろ」

　とはいえ、ここのニラレバ炒《いた》めとハイボールはかなり合う。大口開けて頰張《ほおば》り、文句を言っても顔が緩んでしまう。

「あ、バイトっていえば、ぬくぬくのオーナーから連絡があったんだ」

「ん、なんで？　もうバイト辞めたんだろ？」

「うん。羊太くんに代わってもらったのが最後のバイトだったんだけど、またそのお客さんから指名が来たみたいで」

　――――犬飼から指名。

　ふぅん、と軽く頷きながら、胸の奥がどよめく。

　あの日、犬飼は熟睡していて、黙って出てきたから反応は分からずにいた。

「すごく対応がよくて癒されたって絶賛していたみたい。僕の見立て通り、絶対羊太くんなら出来ると思ったんだ」

「癒された……。そっか、よかった」

　癒したのは俺の髪の毛かもしれないけど、彼に褒められていたのは単純に嬉《うれ》しい。

　それだけであのバイトは俺の中でよかったものになる。

「あれぇ？　嬉しそうな顔しているけど、もしかして、好みの人だった？」

「……」

「え。そうなの？　イケメン？」

俺の恋愛対象は男だ。

誰にも秘密にしているけれど、一郎にだけはカミングアウトしている。

初めて彼氏が出来た時、俺はとてつもなく浮かれていて——……それから不安もあったものだから、一郎に相談したんだ。

頭は悪いけど、秘密を守っておける奴《やつ》。そういう面では結構信頼できる相手だから。

「うーん。俺の好みっていうか皆が好む顔。けど、会うこともないだろうし、美形にドキドキしたって無駄だしね」

ハイボールおかわり！　と空になったジョッキを店員に渡しながら注文した。ホウレンソウのバター炒めを少しずつ頰張りながらハイボール。

いい男に褒められていたとあっては酒がさらに旨《うま》く感じる。

「んん。可愛い羊太くんに、いい恋の出会いがありますように」

「店の人に拝んでどうするんだよ」

へへへと笑う酔っ払いの頰を突く。

男同士なんだから、日常的に恋が溢《あふ》れているわけではないけれど、明るく言われるとそう思えるから不思議だ。

くだらない会話は時間を食べて、気づけば夜も遅くなっていて、互いに帰ろうかと立ち上がった。

店の外に出ると、冷たい風がびゅうと出迎えるから、「寒っ」と二人して同じ反応をする。

「僕、このまま彼女の家行くから。じゃぁまたね」

「うん。気をつけて」

もう変なバイトするなよと注意すると、彼は返事をしながら手を挙げる。そのくったくのない笑顔を見ながら、さてどうするかと腹部を撫でて、胃と相談する。

このまま一直線に家に帰れば、シャワーを浴びてすぐに寝るだろう。明日の朝、胃もたれしている自分も想像できる。

(歩くか)

一郎とは反対側をくるりと向いて、少し腹ごなしに歩くことにした。

時刻は二十二時過ぎ。ここから近い本屋は既に閉まっている。

目的もなく道なりに歩いていると、大きなショーウィンドウに自分の姿がにゅっと映り込む。

足首まであるオーバーサイズのダッフルコート。柿色と赤色と青、黒の毛糸で編み込んだ派手なマフラー。柿色の靴下。

そこに映る自分は、冬の冷たい風に吹かれ髪の毛が爆発していた。

髪を手で直したところで風は強く、モフ毛の爆発を諦める。

「――――あれ?」

ショーウィンドウに映っている俺の後ろ、車両を挟んだ反対側の歩道にタクシー乗り場のベンチがある。そこに見覚えのあるスーツ姿の男性がポツンと座っていた。

タクシーは出払っているのか、全くやってこない。ショーウィンドウから目を離して後ろを向いた。

「……犬飼さんだ」

◇

――――犬飼さん。

遠目だけど、あの美貌は彼以外あり得ない。

この時間になぜ一人でベンチに座っているのだろう。

こうして見ている間に、彼は前のめりに俯《うつむ》く。その様子は、どこか具合が悪そうにも見える。

放っておくことが出来ず、信号が点滅しているところを走って向かい側に渡った。

「大丈夫ですか？」

すぐ近くまで寄ると、俯きがちに座る犬飼の耳元はほのかに赤く火照っている。

声をかけても反応がないため、肩に触れるとアルコールの匂いがした。

下を向いていた犬飼は怠《だる》そうにゆっくりと顔を上げる。

「突然声をかけて、すみません。具合が悪そうに見えたので」

「…………」

よほど酒を飲んだのか、ぼんやりと俺を見つめたまま動かない。

「このまま座っていてもタクシーは来ないでしょうから、拾ってきま……え？」

犬飼が俺のダッフルコートをくいと手で摑《つか》んだ。

潤んだ目の色っぽさ。火照った頰。こんなイケメンの気の抜けた表情を通りすがりの悪い人が見たら、お持ち帰りされるだろう。

――この人、危なっかしい。

早めにタクシーを呼んであげなくちゃと思っていると、ゆらりと犬飼が立ち上がった。

身長一六二センチの俺。犬飼は一八十センチ以上、肩幅もある。その体格のよさから真正面に立たれると圧迫感がある。

「えっと……犬飼さん？　俺です。羊です」

「……」

無言。

俺のことを覚えていないのだろうか。

見つめられてたじろいでいると、斜め横のコンビニからペットボトルを胸に抱いた女性が出てきた。

艶やかなロングヘアで、女子アナ風の上品な見た目をした女性だ。

「犬飼さぁん、お待たせしましたぁ。お水買ってきたので飲んでください。……あら？」

俺の姿を見た彼女は首を傾《かし》げた。

「どちら様でしょうか？」

「――ぁああ、すみません。そうですよね。お連れ様がいらっしゃいますよね。犬飼さんの具合が悪そうだったのでタクシーを呼ぼうかと」

「犬飼さんのお知り合いですか？　でも、今日はご遠慮ください」

物腰柔らかだけど、キッパリと断った彼女は、犬飼の傍《そば》に寄り添った。

その様子はどこから見てもお似合いの恋人同士。

美男美女カップルの派手さに自然と足が後退《あとずさ》った時、犬飼が彼女の腕を振り解《ほど》き——俺に抱きついてきた。

「へ!?」

お、俺!?

彼女に誤解されるだろう!?

「は——はは、犬飼さん！　間違えていますよ、こっちこっち！」

背中をパンパン叩《たた》きながら、彼女を見る。

彼女はやや顔を強張《こわば》らせながら、犬飼の腕を引っ張ったが、彼は益々《ますます》俺にしがみついてくる。俺も彼の身体を押すのだが、ウエイトの差でビクともしない。体重もずっしり重くて息が詰まりそう。

「はぁはぁ……、力強い」

彼が力尽きるのを待ち、俺の身体から引き剝がせたところで、女性の力で彼を運んでいけるだろうか。

彼女も俺に抱きついたままビクともしない犬飼に困惑しているようだし。

「あの、今日はこのままタクシーを拾って、俺が送っていきます」

「……その方がよろしいですね、分かりました」

彼女は鞄《かばん》から名刺とペンを取り出して、連絡先らしき番号を書くとそれを犬飼のポケットに突っ込んだ。

その様子から恋人じゃないと気づいた。……さしずめ犬飼を狙う肉食系女子ってところか。

それから俺にペコリと頭を下げると、カツカツとヒールを鳴らして一人帰っていった。

「女ってしたたか……」

ポツリと呟きながら、タクシーを呼ぶために携帯を手に持った。

すると、俺の真上から、う。と聞こえる。

「――え……」

う。は嫌な予感がする。嫌な予感しかしない。何故俺を離さない!?

彼の口元をパシッと手で塞ぎながら、近くのコンビニに向かった。しかし、そのトイレのドアには故障中の貼り紙。

万事休す、周りを見渡すとビジネスホテルが目に入った。

◇

抱きついたまま離れない犬飼をどうにかホテルに連れてきた。

部屋に着いても剝がれないため、ベッドに一緒に座ると、コテンと彼の頭が俺の肩に乗っかる。

スンスン。

——何故か、俺は彼に体臭を嗅がれていた。

「……」

う。はどうしたのか、吐く予定ではなかったのか。引っ込んだのか？

このまま彼を置いて自分は退散したいが、スーツのブランドが目に入る。このまま寝たらシワになって明日起きた時、そのまま出勤できない状態になるだろう。

「助けついでです。服、着替えさせますよ」

さっきの力強さはどうしたのか、抱きしめている腕はスルリと解けた。先程の移動中も体重はかけられていたけれど、足は俺の行く方向へついてきた。

本当に酔っているのかと、彼の顔を覗き込むと、焦点が定まらず呆《ほう》けている。

……これは、まだ酔っ払っている表情だ。

自分に都合のいい言葉は聞こえるとか？

「まぁいいか、早く帰りたいし。じゃ、失礼します」

コートとスーツの上着を脱がせ、それを一緒にハンガーにかける。すぐに身体がだる～んと俺にもたれてくるので、思うように着替えさせられない。

「んもう、もたれないでください」

離してもすぐに引っ付いてくる。自分より大きな身体を動かすのは大変で、冬着の下が暑くなってきた。

自分もマフラーとコートを脱いで椅子にかける。そして彼の残りの服を脱がせにかかった。

犬飼はサラリーマンっぽいがジムにでも通っているのか、身体は引き締まっていて筋肉がついている。

脱いでも分かるイケメン具合に、赤面してしまう。腹にある筋肉の溝に触れそうになり、俺の中の関西人が「アカンアカン。セクハラはアカン」と忠告してくる。

視線を逸《そ》らし、バスローブを取ろうと立ち上がった瞬間、腕を摑まれ引っ張られた。

「……うわ!?」

よろけてベッドにダイブすると、のしっと彼が覆い被《かぶ》さってくる。

「っ」

息を飲んだ。

だって、真上から俺のことを熱っぽく見つめて、ウットリと舌なめずりする彼の様子は凄《すさ》まじい色気を放っていたから。

迫られているみたいだと勘違いしそうになるけれど、さっき女性と歩いているのを見たばかりだ。

(しっかりしろ、俺! 犬飼さんはノンケ。熱っぽく感じるのは酔っ払いだからだろう!?)

見惚れる自分を叱咤《しった》しながら、覆い被さる彼の胸板を押し返す。全力だが、ウエイトの差でビクともしない。それどころか、そのままぎゅうっと抱きしめられる。

「だ、だから、先程から間違っていますって。俺、女性じゃないですから！」

「……」

「犬飼さんってば！　あぁもう、なんて酔っ払い方しているんですか!?」

初めて会った時は完璧マンだと思ったのに、こんな一面があるなんて。

世話が焼ける感じが益々ほっとけない気持ちにさせる。

宥《なだ》めようとポンポンと背中を撫でると、急に犬飼の身体が弛緩《しかん》した。

「――――う、お、重った！」

彼の身体の下でジタバタ手足を動かして、どうにか横向きになる。羽交い締めみたいに後ろから抱きしめられているけど。

すると、今度は俺の髪の毛にもふっと顔を突っ込んで、再びスンスン匂いを嗅ぎ始める。

「……いい匂い」

「ようやく、何か言ったと思ったらそれですか」

スンスンスン。

(だから……、何この状況？)

彼はよほど俺の髪の毛と匂いが気に入ったのだろう。毎日トリートメントをしている羊毛だから手触りがいいのは分かる。だけど、そうされる方は平常心が保ちにくい。だって、パンツ一丁の美しい身体が目の前にあるから。

……寝付くまでの我慢なのか。

腕の力は弱まらないし、抵抗するだけ体力の無駄かと身体の力を抜いた。

そのうち飽きるだろうと好き勝手させていると、耳に鼻を擦《こす》りつけられた。くすぐったい。

「……この匂いだ……覚えて、いる」

「んっ」

耳元で囁《ささや》く低い声にゾクリとし、思わず身じろいだ。

ぎゅう〜〜。

「っ、く、くるし……」

さっきから、俺が動く度《たび》に抱き魔になる。これは一種の狩猟本能か何かなのか？

刺激させないようにしなくちゃと、息を吐いて、再び身体の力を抜く。

大人しくしていると、彼の体臭がふわっと鼻腔《びこう》をくすぐった。

（——あれ？　……やっぱり、この匂い）

前の添い寝バイトでも思ったけれど、好みの匂いだ。こんな風に誰かの体臭を好みだなんて思うのは初めてだ。

いい匂いに戸惑っていると、犬飼が〝よしよし〟というかのように身体を撫でてきた。

「ひゃぁっ⁉」

腹から胸を撫でる大きな手がくすぐったい。

何度もさわさわと撫でてくるので、鳥肌が立った。当然生理現象で乳首も立つ。

そこに彼の長い人差し指が当たった。

指に突起物が当たると気になるのだろうか、人差し指が突起の形を確認するようになぞってくる。

「え？　わ……!?　だ、駄目っ！」

くにっ
くにっ
押してくる指を両手で摑んで止めると、がぶりと首を甘嚙《が》みされた。

「っ!?　……あっ」

びくんと身体が跳ねる。

――急所を嚙まれたせいか、身体が硬直する。

だけど、それは一瞬のことで、すぐに強張りは解け、ぞわぞわと血の巡りがよくなるような謎の感覚が身体を走る。

驚いている隙に、再び、彼は胸の突起に触れてきた。

信じられない、何が起きているのか。

「ん……ん、ん」

長い指は、乳首の感触が気に入ったかのように、そこを執拗《しつよう》に弄る。指でなぞられ、押される。

「……ひぇ……、だ、めだって……、し、しない、で、くれ……ん」

きゅっと乳首を揉《も》まれ、その尖りは益々ぷっくりしてしまう。

やっぱり、犬飼は女性か誰かと間違えて触れている。

「……う、ぁっんぁ、起きて！　女の子じゃないって！　本当にま、まずいってばぁ……あうぅ」

下半身が反応し始めていて、このままじゃ大変なことになる。

彼から離れようと、もう一度藻掻《もが》く。すると、駄目だと言うように首の甘嚙みがやや強くなった。

「っんあ！」

ビリビリビリ
嚙まれたところから電流が走った。その感覚で完全に身体が固まってしまう。

彼は俺の首を嚙んだ後、無意識にケアしようとしたのかペロペロと舐《な》める。その感触にもゾクゾクして震えていると、胸を触っていた右手が下に移動した。

「な、何をして!?」

やめろと頭を横に振ると、首をまた強めに甘嚙みされる。

「っ！　っ、なん、で、力、抜けるぅ……？」

眼下で犬飼の長くて骨ばった指が、スラックスの上から股間を撫でた。

自分の抵抗の弱さに情けなくなりながら、ここまでくれば、もう、なるようになれと瞼を強く閉じる。

彼の手はスラックス、下着の中へとどんどん入ってきて、勃《た》ち上がっている性器に触れた。

きゅ、きゅ……と柔らかく揉まれる。

「……ひゃぁ……うぅ。信じられない」

なんで、そんなところに触れるんだ。

ちんちんだぞ。これは、俺のなのに。

「……う、うぅ……、う、う。んん……はぁはぁ」

揉むだけだった動きが次第に上下に動き始める。器用に動く左手。胸を触る右手。動くのを許さない甘噛み。背中越しに伝わる彼の熱。

擦られている場所から、濡れた音が加わったころ、ぎゅっとシーツを握りしめる。

「も……、もう、む、り。が、我慢できないぃ……」

射精感が込み上げてきて、足をつっぱらせながらブルリと白い液体を放ってしまった。

◇

ジャ――――。

俺は今、上半身はシャツ、腰にバスタオルを巻きつけた格好で、下着をゴシゴシ洗っている。

熱いシャワーで全身洗い流したい気持ちをぐっと耐えた。

隣のベッドで寝ている酔っ払いが、シャワーを浴びている最中に起きたら面倒なことになる。

もし、何も覚えていなくて、洗った下着の意味やシャワーを浴びている意味を聞かれてみろ。正直に伝えたところでこんがらがるのは間違いない。

それにこれ以上、この場にいることは、俺のメンタルが無理。

下着を洗い終えると、ノーパンでスラックスを着用し、脱衣所から出た。

犬飼は人から犬になっていた。

すぅすぅ寝息を立てる度、背中が大きく上下する。

(むぅ……)

俺のちんちん扱《しご》きながら寝るってどういうことなんだ。手癖が悪すぎる。

コートを羽織り、もう一度彼を見た。熟睡している様子だし、朝まで起きなさそうだ。

「……」

一応、最後の人助けチェックとして、犬飼の財布を見る。

盗むつもりじゃなくて、宿泊代の手持ちがなければ可哀想《かわいそう》だからだ。こういう時に起きられたら、泥棒と間違われそうで俺の状況がヤバいけど。

犬飼はキャッシュレス派なのか、現金はそれほど持っていなかったが、今日、明日宿泊するくらいの手持ちは入っていた。

財布をそっと返して、ホッとしながらその場を離れた。

外に出ると、かなり時間が経《た》っていたので、店舗の明かりも少なく信号は黄色の点滅になっている。

雪は止《や》んでいるが、冬の風が頬に冷たい。

暫く道なりに歩いた後、髪の毛をワシワシと乱暴に掻いた。

まだ、長い手の感覚が残っているみたいだ。

「……イケメン、こわ」

ハマったらドツボだ。

犬飼の横にいた女子アナ風の美人を思い出す。

きっとあぁいう女性がごまんと彼を狙っているのだ。そもそもフリーかどうかも怪しい。女性にモテて困っているとは聞いたけれど、彼は遊んでいないとは言っていない。感情と下半身は別ものって奴も多いし。

ノンケの国宝級イケメンに近づいても、こっちがイタイ想《おも》いをするだけだ。

家に着くまで冷たい風に吹かれたことで、頭はスッキリ冷えていった。

三.

しかし、なんの因果なのか、国宝級イケメンとの再会は割とすぐだった。

うちの手芸店は羊毛糸が一番のウリだ。冬場はイベントも多く、とてもよく売れて忙しい。

この時期は接客を完全に祖母に任せて、自分は店奥で仕事をする。

棚卸しの作業をしていると、店内に飛び交う黄色い声が聞こえた。

不定期開催の祖母の教室で客が賑わっているのだろうが、ここ最近、顔なじみ客の声がワントーン高い。

彼女達が賑やかなのは、店が順調の証《あかし》でもあるので、疑問に思いつつ顔を出すことはしなかった。


「羊太、今日は店番お願いね」

「うん。気をつけてね」

祖母は出張講師の依頼があり、このあと一日店を留守にする。

彼女の教え方が上手《うま》いことは評判で、人脈もあるから様々なところから声がかかる。

今日、祖母が講師で教える内容は、羊毛フェルトで作るぬいぐるみだ。ニードルという専用針でちくちくと作っていく。羊毛フェルトは柔らかく、形を自由に整えられるので、同じ題材でもオリジナリティを出しやすく面白《おもしろ》い。

考えていると、自分も羊毛フェルトで何か作りたくなる。リアルな感じのウルフとかライオンとか、そういう動物モチーフのブローチを想像していた時、店のドアが開き、客が入ってきた。

チリンチリン。

「いらっしゃいませ……」

その人物を見て、驚きで語尾が小さくなってしまった。

この店の客層から離れたスーツ姿の男性だ。

八頭身のスタイル、黒髪、整いすぎた容姿。

――――犬飼だ。

何故ここに犬飼が？

動揺しながらも、視線をゆっくりと入り口ドアから離した。手元にある書類で顔を半分隠し、再び横目で犬飼を見る。

店内に入ってきた彼は羊毛糸を陳列している棚を眺めている。

彼が棚の裏の死角に入った瞬間、ヘアバンドで髪の毛を全部後ろにまとめた。赤と白と青のラインで派手なバンドだ。

彼と会った二回は髪の毛で顔を半分隠していたため、顔バレはしていないはずだ。

そして、二回目に会った夜、彼は酔っ払っていたから記憶があるのかも怪しい。そうであってほしい。

斜め横にある棚の前に立っている犬飼は眉間にシワを寄せて難しい表情をしている。

——俺と同じ手芸趣味なのだろうか？　それにしても犬飼が編み物をするとは意外だ。

「何かお探しで？」

羊毛糸を見て固まって動かず、数分が経った。困っているなら店側としては聞くしかない。声をかけると犬飼がジッと俺を見るので、緊張が走る。

「はい……、オレンジ系の毛糸を探していまして」

「目の前にある橙色《だいだい》ではありませんか？」

「はい。ほとんど似ていますが、少しだけ渋みがある色です」

レジから出て犬飼の前の棚を見た。同じ色具合でもかなりの品揃《ぞろ》えがある。一般人には同じに見えても、同業者には別物だ。

「もしかして、柿色かもしれませんね。今、店内の在庫は切らしております」

「そうですか」

「自分の使いかけでよければ、お持ちしましょうか。目で確認して頂いて、あとで発注かけますので」

「はい、お願いします」

二階の自室に向かい、柿色の毛糸を手に持って再び犬飼の元に戻った。コレだと見せると彼は頷いた。

「はい。これが探していたモノです……匂いも」

「匂い？」

「……いえ。この店ならいつか置くのではないかと、何度も来ていました」

羊毛糸に関してはここら辺ではうちの店が一番取り扱っているが、繁忙期は在庫管理をしていても品薄になってしまう。

「そうでしたか。発注になるのですが、大丈夫ですか？　工場にかけあってみますが、早くて二週間後になるかと」

「ええ、かまいません」

犬飼に連絡先を記入してもらう。アナログな祖母も確認できるように帳簿だ。

神経質そうな綺麗な字を見ていると、犬飼はこれまた律儀に頭を下げて「よろしくお願いします」と店を出た。

◇

「いらっしゃいませ。あらぁ、丁度よかったわ。今お時間あるかしら？」

今日も店に来た客は、おしゃべりな祖母に捕まっていた。ベラベラと何をそんなに話すことがあるのだろうかといつも不思議になる。

そんな彼女のことだから犬飼のことも知っているかと聞いてみれば、勿論知っていた。彼は週に一度の頻度で店に立ち寄る新規の常連らしい。

趣味もしくは仕事なのかと思いきや、手芸初心者。

犬飼が初めて店に来た時に、〝はじめてのあみもの〟という本と初心者の編み物キットを購入したそうだ。

「どうして、手芸に興味持ったのかな？」

「さてねぇ、でも編み物に興味を持ってもらうのはいいことだよ」

「……だね」

犬飼とも結構話しているのだと知ったけれど、時折不定期開催される祖母の教室に犬飼が参加している姿を見た時はギョッとした。

奥様方の間に眉目秀麗な男。

なるほど。最近客の声のトーンが高いと思っていたが、そういうわけか。

犬飼の席にはすでにお菓子がこんもり積み上がっている。多分、おばちゃん達が渡して馬鹿真面目に犬飼は受け取ったのだろう。その量、食べきれないだろうに。

「あら、羊太ちゃんもお菓子欲しいの？」

「いやいや、俺は仕事中ですから。すぐ横で棚の整理をしていますが、気にしないで」

俺に気づいた客が声をかけてくれるが、軽く受け流して棚の商品を入れ替えする。

「羊太、さん？」

低い声が聞こえて振り返ると、犬飼がこちらを見ていた。

すると客が俺を空間に入れたいのか、「そうよぉ、羊に太いって書いて羊太ちゃんなの。そのままで可愛いでしょぉ！」と言ってくる。

「羊さん、……羊太さん」

ぎくり。

犬飼と目が合う。

あ、これ、添い寝したのが俺だってバレているっぽい。

〝ぬくぬく〟は健全な添い寝サービスだ。サイトにもしっかりと記載されている。

ただ、うちの店の顧客は、ネットを見て調べるような世代じゃない。添い寝というだけでホストやソープ系の仕事と捉えられるかもしれない。そうなるとこの店のイメージダウンに繋《つな》がる可能性も出てくる。

――よし。聞かれてもあれは自分ではないと白《しら》を切ろう。

そして、もう一つ、酔っ払い犬飼がホテルで俺にしたことはどうか記憶がありませんように……。


犬飼の言動に内心ビクビクしていたけれど、教室が終わったあとも、別の日に店内で遭遇しても、彼は添い寝のことを口にはしなかった。

今日も店に来て、長い時間、羊毛を眺めて、それから一玉手に持ってレジに来る。

丁度、レジにいた俺は、彼から代金をもらった。

羊毛糸を紙袋に入れながら、ちらっと彼を見ると「羊太さん」と急に名を呼ばれたので、びくっとする。

「羊太さんが、今被っているそちらの帽子も手作りですか？」

「あ、はい。手前味噌《みそ》ですが、可愛く出来て気に入っています」

「俺も作ってみたいです」

なら、と自分が使った編み図を二階から持ってきて、彼に渡す。

「いいのですか？」

「コピーなので、どうぞ。男性で一緒の趣味の方は少ないので嬉しいです」

静かにお礼を言う真面目な表情。

店内に人がいなくても、添い寝バイトのことを言ってくることはない。

本当に編み物に興味を持っているのなら、大歓迎だ。

◇

〔強い寒気が襲来し、週末は大雪になるでしょう〕

横文字で覚えにくいナントカ現象のせいで、今年の冬は特別寒いらしい。

テレビの天気予報通り、週末は雪が積もっていて、客は全く来なかった。祖母はずっと暇を持て余していて、たまたま寄った犬飼は捕まった様子だ。

ストーブの前に椅子を置いて二人で編み物をしている。実は仲がいいのか、犬飼はずっと祖母の話に頷いていた。

「よかったらどうぞ。ブラックでしたよね？」

「ありがとうございます」

もくもくと湯気の立つ珈琲《コーヒー》を横のテーブルにそっと置いた。

チラリと犬飼のやっている編み物を見る。彼は手先が器用なのかシンプルな編み方は既に習得していて、模様編みを覚え始めたようだ。

それを後ろから見て、かけ間違いがあることに気づいた。

「犬飼さん、ここ編み目が間違っています」

そっと後ろから犬飼の持つ編み棒に手をかさね、間違えた編み目まで解いて正しく編み込む。

「始めたばかりなのに、凄《すご》いで……」

言葉が詰まったのは、腕まくりした犬飼の腕に鳥肌が立っていたからだ。

まずい、こういうの嫌なタイプだったか。

「失礼しました」

「―――……いえ」

犬飼は腕まくりしていたシャツを元に戻して腕を擦《さす》った。

「あ～……、あっ、そうです、頼まれた柿色の羊毛が届きましたので、お持ちしますね」

帰りに声をかけようと、奥の保管室からレジに持ってきていたのだ。

気まずくて、レジから柿色の羊毛糸を持ってきて犬飼に渡した。彼はその羊毛糸と俺の顔を見て、静かにお礼を言った。

「犬ちゃん、何を編むつもりだい？」

「ばあちゃん……、犬ちゃんってお客さんに失礼だろう？」

注意するが、既にそのネーミングは定着していたようだ。犬飼が気にしていないのなら、別にいいけど。

「マフラーを編みます」

「いいですね。犬飼さんの黒いコートに合いそうです」

「そう思いますか」

「えぇ」

犬飼は全身黒かグレーだから、何か差し色があると益々映えるだろう。

「あぁ、そうだ。色々面白い本があるから、マフラーなら参考に読んでみるといいわよぉ」

祖母が店内にある編み物の本をポンポンと机に置いて勧めると、犬飼は言われるままにそれを購入していく。

……いいカモにされていないか。

四

「ありがとうございます」

店から客を見送り、視線を外に向けると既に真っ暗だった。

「羊太、一足先にあがるわよ」

「うん、お疲れ様」

時計を見ると十八時五十分。閉店時間前だ。客足も止まり、祖母は俺に任せて早めに仕事を切り上げた。

もうすぐ夕食だと思うと急に空腹を感じ、腹を撫でる。

チリン。

「いらっしゃいませ。……こんばんは」

「こんばんは」

来客は犬飼だった。仕事帰りなのだろう、スーツ姿だ。

目が合うと、彼は頭を下げる。犬飼の美貌を店で見かけることにもすっかり慣れてしまった。

いつもなら羊毛をじっくり眺める彼だが、何も持たずにレジに向かって来る。

「祖母に用事ですか？　すみません、今日はもう俺だけなんです」

「羊太さんに」

「俺？　はい。なんでしょうか？」

発注かと、メモとペンをポケットから取り出した。

彼は少し俯いた。相変わらず目の下には濃いクマがあるものの、下を向く動作だけで色気が凄い。

これまでの彼の様子を見ていると、色気を意識しているわけじゃないと分かる。天然だ。超絶美貌が成せる色気。

「このあと、予定はありますか？」

「へ？　ええっと……いえ？」

ペンを持つ俺の腕、正しくは着ているセーターを、彼の長い指がつぅっと撫でる。

「……へ？」

「いつも見ていました」

そう言いながら、俺のセーターの色合いがよくて素敵だと褒めてくれる。

「どう、も……」

一瞬、服じゃなくて、自分のことかと錯覚した。そんな撫でるような触れ方をするから。だけど、そんな触れ方をすれば女の子は間違いなく誤解するだろう。……女の子でなくても意識する。

手を引こうとするが、その手を握られた。

「この店を予約しています」

彼の胸ポケットから出てきた名刺には、有名三ツ星レストランの名が書かれている。そこは、手軽に楽しめる場所じゃない。というか、俺の知り合い内では本気の相手以外には誘わないような高級店だ。多分、コース料理で五万以上はする。

「待っています」

俺の返事を聞かず、犬飼は店を出た。

（――――……え）

彼が出たあと、手のひらを見ると手汗をびっしり掻いていた。遅れて、ドドッと心臓が大きく跳ねる。

落ち着かせるためにレジ台に突っ伏した。

「どういう、こと……マジなの？」

彼は自分に気があるのか。でも、それ以外に三ツ星レストランに誘われる理由が思い浮かばない。

犬飼はタイプだけど、国宝級の美貌との恋愛だなんて頭の片隅にも考えたことはなかった。

ホテルで介抱した時も手に負えないと、思っていて……。

ソワソワむずむずする感情を一言では表わせないけれど、行かなくちゃ勿体《もったい》なさすぎることは分かった。

誘いの返事は驚きで出来なかったが、既に行くことは決めていて、十九時丁度に店を閉めた。

明るめの茶色のチェックジャケット、パンツを着用し、白のセーター。髪の毛をセットしながら、ふぅ～と何度も息抜きをしながら店に向かった。


お洒落な空間にとびきりのイケメン。

店内にいる女性は、一人でいる犬飼をチラチラと横目で見ている。彼が待っているのはどんな女性なのかと囁く声が聞こえる中、俺は彼の元へ向かった。

「犬飼さん、誘ってくれてありがとうございます」

「来てくれて嬉しいです」

（うわ……、迫力……）

エレガントな場にいる彼は、手芸店で見るよりも馴染んでいて、イケメン度が増して見える。

「どうぞ、席に座ってください」

「……はい」

――それからの感想は、なんだか非現実的で夢でも見ているかのようだった。

滅茶苦茶高いメニュー、皿の上に上品に盛り付けられた料理、旨いワイン、甘いデザート。

再会してからの犬飼とは編み物以外の話はしたことがなくて、会話が持つか正直不安だった。けど、そんな心配は不要だった。心地よく会話をリードされて、緊張はすぐに解けていく。

「佳代さんがよく羊太さんのことを話してくれます」

「ばぁちゃんが？」

「ええ」

祖母はよく出来た孫だと俺のことを褒めているのだそう。孫フィルターがかかっているなと訂正しながら、つい自分自身のことを話してしまう。

勿論、俺の周りの話ばかりじゃなくて、彼自身のことも話してくれた。

犬飼は俺より一歳年下。一人っ子。犬獣人。変化時のシェパードになると嗅覚が敏感になるとか、好みの匂いに執着しがちだとか。ちょっとした彼の情報が増えていくのが楽しい。

うっとりとさせられるような時間はあっという間に終わった。俺がトイレに行っている間に会計も済まされている。

初対面が添い寝バイトの時だったから、犬飼は人付き合いが不器用なイメージだった。けれど、全然違う。

（そのまんま、王子じゃん）

「ご馳走様《ちそう》でした。本当に美味しかったです」

「俺の方こそ楽しかったです。また誘っても？」

「……はい」

次があるのだと思うと、耳まで赤くなるのが分かる。三センチくらい地上から浮いているみたいな気分だ。

恋の予感だろ。これは。

「犬飼さぁ〜〜ん！」

「っ！」

幸せホルモンが脳内で多量分泌されていたが、女性の声と犬飼に手を振るその姿が見えてかき消された。

モコモコの白くて長い髪の毛を三つ編みにした可愛い――――……羊獣人。

犬飼に会えたことが嬉しいのかぴょんぴょん跳ねるから、ふわふわの髪の毛が揺れる。信号の反対側からこちらに向かって来る女性を見て、夢から覚める気がした。

「………」

なるほどね。デートの誘いは彼女が仕事か何かで来れなかったから。それでたまたま店の近くにいたから、俺を誘ったわけね。

代理か、どうりで突然だと思った。

それから、一度も不眠のことも添い寝バイトのことも言ってこないのは、既に安眠できる恋人がいたから。

都合よく考えちゃった自分が滑稽《こっけい》で笑える。

「犬飼さん、俺はこれで失礼します。ありがとうございました。本当に美味しかったですよ」

「——え？　いえ、まだお話が」

「ほら、彼女が来ていますよ」

彼の肩をポンッと叩いた。

走ってきた羊の彼女が犬飼の腕に抱きつくという、滅茶苦茶イラ立つシーンを横目に俺はその場を離れた。

目頭が熱く、鼻水が出そうになるのは、二月の寒さのせい。


また、だ。

俺はなんで同じような間違いを繰り返してしまうのだろう。

昔から自分は女の子の友達が多かった。可愛いし一緒にいると楽しい。でも、ドキドキするのはいつも同性だった。

ちょっと変だ、くらいに思っていた。けれど、男友達の何気ない仕草にドキリとして、ようやく自分はゲイだと気がついた。

だからって、恋人になりたいなんて思わなかった。

告白して嫌われたり、気まずくなったりするくらいなら、仲がいい友達のままでいい。壊すほどのことじゃなく、好きになる手前で自分の気持ちを引く。

臆病、でもこれが楽。大人になったって自分は変わらないだろうと思っていた。

なのに、その一年後、そんな自分の考えを変える出会いがあった。


「羊太、すげぇ可愛い」

大学一年の時に出会ったテツヤは、バンドマンで足が長くて、歌う姿は光っていた。お調子者で底抜けに明るくて、多分、学年一モテていた。

チャラチャラしていて第一印象は苦手だったのに、俺もそのモテ男センサーに引っかかってしまったのだ。

テツヤは思ったことをすぐに口に出してしまうタイプで、俺とは真逆だった。そういうところも惹《ひ》かれる要因だったのかもしれない。

何気なく誘われているうちに口説かれて、そういう関係になっていた。

「男同士？　それの何が悪いんだよ。俺、羊太なら男でも全然いけるよ」

当時の俺はその言葉が嬉しかった。男とか女とか獣人とかそんな言葉なんて関係なく、好かれているんだって思った。

「本当に俺でいいの？」

「羊太じゃないと駄目。すげぇ好き」

甘い言葉にのぼせ上がって、彼にハマった。

バイトした金はバンドの活動費に使ってほしいと渡して、応援した。

そうすればテツヤは喜ぶし、一番よい席で歌う彼を見ることが出来て楽しかった。


「ライブ会場押さえておきたいからさ」

どこで間違えたのか。――いつの間にか、金が彼と会う用件になっていた。それ以外の約束は、すっぽかされることが多くなった。

毎週欠かさず会っていたのに。それが隔週になり、月一になった。

「俺を分かってくれるのは、お前だけだ」

「羊太だけが分かってくれるんだよな」

何か違うと気づいていたのに、たまに会えば優しく甘やかされた。大丈夫、まだ好かれている、なんて脳内で誤魔化していた。

だけど、見てしまったのだ。彼のマンションで、浮気現場を。

「あ～、俺、やっぱり女の子がよくてさ」

気まずそうな表情はちょっとだけ。

「お互い、一時の気の迷いってことにしようぜ」

流石《さすが》の俺もその言葉には怒りが込み上げてきた。持ってきていたピザをそのベッドにぶちまけた。

俺が怒るなんて微塵《みじん》も思っていなかったようで、慌てる彼を見ながらハッキリ別れを告げた。

気持ちを一切引きずりたくなくて、泣きながら一郎に愚痴を聞いてもらった。

なんでそんな男が好きだったのか、夢中になって信じて馬鹿みたいだ。でも、この心の痛みはやっぱり彼を好きだったのだと思う。

次は絶対、真面目で誠実な人。

モテ男は駄目。ノンケは駄目。

これは次に見つける恋のための教訓。

穏やかに恋しあっている、そんな恋人を探すのだ。

そう、思っていたのに……。


「ノンケのモテ男……全然教訓生かせてないじゃん」

頭を掻いていると、前の電信柱にぶつかった。鼻が思いっきり当たったせいで鼻血が出てくる。

「ズビ、ジャケット汚れたじゃん……」

ハンカチで鼻を押さえながら、血が止まるのを待っていると、涙が出てきた。

――――恋じゃなかった。

ちょっと話しただけだ。まだ恋じゃない。

でも、手芸店《うち》でチラチラと犬飼の姿が視界に入る度、気になっていたのかもしれない。だから、涙が出るのかもしれない。

嗚咽《おえつ》を漏らしかけた時、俺の背中を大きな手が撫でた。

「大丈夫ですか？」

「……」

「血が……」

犬飼だった。羊の女性はどうしたのか。

鼻を押さえて泣いている俺を見て、前髪を手で分けて、涙を拭ってくれる。

鼻血が止まりハンカチを取ると、犬飼は見せてと覗き込んできた。

「鼻は折れていなさそうです。痛みは？」

「……平気です。失礼しました」

覗き込む彼の胸を押して、俺は彼に背を向けてまた歩き出した。すぐあとにぴったりと彼の足音。

「一人で大丈夫です」

「心配です、送っていきます。初めからそのつもりでした」

初めから？

……初めってどこからが始まりなんだ。彼女にキャンセルされてから？　都合よく俺を引っかけてから？

結構です、いりません、さようなら、と歩きながら拒絶すると、ついてくる彼の足がその度に遅くなっていく。

「待ってください、羊太さん。聞いてほしいことがあります」

いいえ、俺はありません。

「どうしても、聞いてもらいたくて」

縋《すが》るように繋がれる犬飼の手。それを力任せに振り解くと、彼は少したじろいだ。だけど、もう一度彼は俺の手を掴んだ。さっきよりも強く。だから、立ち止まるしかなかった。

「好きです」

「……」

「初めて貴方とお会いした時から、気になって。……気になり続けていました。男ですが、貴方の恋人になりたい」

電信柱に頭をぶつけたおかげで、ようやく冷静になれたようだ。

きゅっと唇を噛んだ後、後ろを振り返り、頭を下げる。

「ごめんなさい、貴方のことは信用できません。以前、女子アナ風女性と意識がなくなるまで飲まれて酔っていましたよね。先程いた羊獣人の女性も貴方に好意を寄せている。きっと他にも。全部関係がないのですか?」

「酔っ払い……あの日はすみません。妄想か現実かあやふやで、でもあの時羊太さんに会えて嬉しかったです」

犬飼は酔っ払った時にホテルで介抱したのが、俺だと気づいていたようだ。

逸《そ》れた話を戻すように犬飼は俺の質問に返答した。

あの日は、部下がミスを起こした代わりに犬飼が謝罪に向かった。その後の接待で断り切れず飲まされた。女子アナ風女性は只《ただ》の同僚。

「彼女達とはなんの関係もありません。他の人との関係？　羊太さんとお会いしてから一切ありません」

「でも、貴方は男でないといけないわけじゃない。それにこれからも貴方の周りは変わらない」

「……羊太さんが、何を言いたいのか……」

――先程、犬飼の腕に抱きついた女性の残像が脳裏に残っている。

ノンケの一時の気まぐれに付き合えって？

「貴方の気持ちにはお応えできません。さようなら」

「……」


俺だけの足音。

もう彼は俺のあとにはついてこなかった。

酷い言い方をした自覚はある。でも、これでいい。

丁度、雪がパラパラと降ってくる。ドラマのお別れシーンみたいだ。

息も白く。アルコールは体内から抜けきったかのように芯から冷たい。

角を曲がる時、少しだけ犬飼の姿が視界に入った。彼はそこから身動き一つせず、立ち止まったままだった。

「……」

その姿を見て、どうしてか俺の足は家路に向かわず、すぐ横のテナントビルに入り、二階カフェの窓際を選んでいた。

机に肘をついて、先程までいた歩道を見る。

犬飼はまだいた。銅像のように突っ立って、動く気配はない。歩道を歩く人達は、そんな彼をチラチラと横目で見ている。

一人、二人……と女性は犬飼に声をかけた。傘をさしてあげる人もいる。でも、動かない彼に皆困って去っていく。

「……俺、性格悪すぎ」

自分の恋愛に対する怖さとか情けなさを——彼に八つ当たりしてしまった。

そんな彼を暖かいカフェ席で眺めているのはあまりに悪行だと、席を立ち、代金を支払った。

◇

「風邪を引きますよ。帰ってください」

歩道で固まったままの犬飼に声をかけると、彼はハッと俺を見た。

誰が声をかけようと、ピクリとも動かなかったのが嘘みたいに、少し離れた俺の前まで駆けてきた。

「羊太さん、よかった。お話があります」

そう彼の表情は切羽詰まったように見える。

「すみません。突然告白して困惑させせましたよね」

「……あの」

「今すぐお返事をくださらなくていいんです。考えてくださいませんか？　佳代さんから貴方はずっとフリーだと聞いていて」

いったい祖母は犬飼に何を話していたのだろうか。

「軽い気持ちではありません。チャンスをください」

「あの!!」

彼が切羽詰まったように早口で話すのを、大きな声で止めた。

「あの、俺に幻想を抱かれているようなので、ハッキリ言います」

「幻想……？」

「本当の俺は優しくないです。恋愛するのが面倒だし恋人なんていらない。煩わしい感情に振り回されたくない。貴方が悪いわけではなく、つまらない奴なんです」

臆病さを誤魔化すための嘘。だけど、こんな狭量な男だと分かったなら、彼だって前に進みやすいだろう。

「……め、です」

「お互い、さらっとしましょう――……っ」

息を飲んだのは覆い被さるように強く抱きしめられたからだ。

飛び掛かるような勢いだったから、ヨタリと足が一歩後ろに下がる。

「羊太さん」

この震える声だけ聞いていると、初めて会った時や手芸店で祖母たちと話す生真面目で、少し人付き合いが不器用な彼が頭の中に浮かぶ。

でも実際は、スマートで高級店にも場慣れしている。

それに泥酔していたホテルでのこと……あれは流れるような手つきだった。

不思議だ。恋愛感情が浮上する前は大して気にならなかったのに、いざ恋愛相手として意識すると、酷く引っかかる。火傷《やけど》しそうな恋とは彼みたいな男との恋愛を言うのだろう。

「俺にチャンスをください」

彼はそう言って、抱きしめる腕の力をさらに強めるから、息が詰まりそうになる。胸を押し返して距離を取ろうとするけれど、もっともっと強く抱きしめられて、抵抗がままならない。

「考え直してください」

「む、り……だって」

「お願いです」

「……………く」

苦しい。

苦しすぎる。さっきから腕の力が一向に弱まらない。

「このまま離せば、もう会ってくれないのでしょう」

「っ」

「そんなのは嫌なんです」

あまりの情熱に動揺する。

彼の体温や吐息が熱すぎて、心の中が乱れる。それにこの好みの匂いだ。

逃げなくちゃいけないのに、五感に響くようなそれらに、思わず抵抗を止めた。すると、じわじわと身体に力が入らなくなる。

「っ……ぁ……？」

――この状況。以前、酔っ払い犬飼に抱きしめられた時と同じだ。動けなくて力が抜けていく感じ。

あの時、あまりに不思議に思った俺は、この現象のことをネットで調べてみたのだ。

根源の羊の性質は大人しい。

普段は意識が優位に立っているのでなんともないけれど、相性のよい獣人の個体には大人しく従ってしまうらしい。らしいって皆が皆そうなるわけではない。俺もこんな反応は犬飼以外になったことがない。

「諦めたくありません、俺は……」

「…………」

シリアスな場面を壊すようだけど、足にも力が入らなくて膝が震える。

大人しくなった俺に犬飼はホッとしたのか、クンと首の匂いを嗅ぐ。

「こんな時なのに。……すみません、とてもぬくくて、いい匂いです。堪《たま》らないほどで」

まるで、俺の匂いに発情していくみたいに彼の吐息が熱くなっていく。

ぎゅっと抱きしめられたまま、頭を頬擦りされる。

「匂い以外も。髪や見た目、声、雰囲気、器用なところ、色んなところに目がいくんです。もっと知りたい。こんなことは初めてで……」

身体に巻きついている彼の手が腹を撫でる。

「ん……っ」

無意識？　天然でやっていることなのか？

骨張った長い指。ソフトな撫で方。

この手の具合を知っている俺の身体は、敏感にその気持ちよさを拾ってしまう。

「も、もう……やめ」

「少しでも可能性はありませんか、どうしても――……無理ですか？」

犬飼は小さい声でそう言うと、抱きしめる腕の力を緩めた。

今、もう一度断れば、今度こそ彼は諦めるだろう。ちゃんと諦めさせなくちゃと思うのに、弛緩した身体は腑《ふぬ》抜けになったようで、地面にペタンと座り込んだ。俺も彼も驚いている。

心配した彼は地面に膝をつき、俺のことを覗き込んだ。

「大丈夫ですか？　――……羊太さん？」

「う」

彼の目線は俺の下半身。

反応してしまったのだ。酔っ払い犬飼に扱かれたのが気持ちよかったことを思い出して……。この場面で反応する自分が信じられない。

「……膨らんでいます」

ペロリと犬飼が舌なめずりをする。ギラギラしていく瞳。獲物を確実に狙う目つきだ。

五.

目が覚めて、自分の部屋ではない白い天井を見て、顔を手で覆った。

「やってしまった……」

ワンナイトラブ。

——色んな意味でやってしまった。

真横にいるシェパードは、スヤスヤと心地よさそうな寝息を立てて眠っている。

起こさないよう、そろりと身を起こすと、身体がミシミシと悲鳴をあげる。股関節、お尻……あり得ないところが痛い。

早く動きたいのに足腰に力が入らず、するりとベッド下に崩れた。同時に尻から何かがつぅっと流れてくる。

「……っ」

もしかしなくても、アレだ。白いドロドロだ。

身体は拭かれているようだけど、内部までは気が回らなかったのだろう。

目の前にあるソファを摑んで立ち上がり、生まれたての子鹿のようにカクカク足を震わせながら、壁を伝ってなんとか風呂場に着いた。

――なんだ、これ。

鏡の中の自分は、全身歯形とキスマークだらけだった。それを見ていると犬飼との情事を思い出してしまう。

昨日、犬飼の告白を断った。それから、縋《すが》るように抱きしめられて、腹を撫でられ、思わず勃起《ぼっき》した。

信じられない異常事態。

犬飼は寒いのにコートを脱いで、それを俺の身体に巻きつけて抱き上げた。

とんでもない、もう走って帰るから下ろしてほしいと断ったが、彼は責任を取ると足早に歩きながら言った。向かったのは手芸店じゃなく、ホテル。

俺の興奮は一時的なもので、ホテルに入ったころにはシュンと萎えていた。

『大丈夫』『大丈夫じゃないです』『何が⁉』そんな会話の中、彼は真っすぐ受付でチェックインを済ませた。人目もあるのに抱き上げられたままで、俺は酔っ払いのフリをするしかなかった。

『……ふっ、んんっ！』

部屋に入り地面に足がついた途端、犬飼は噛みつくようなキスを仕掛けてきた。

彼の舌が口腔内に入ってくる。犬が好物の骨付き肉をしゃぶるかのような荒々しさで口の中を蹂躙《じゅうりん》される。

厚い胸板を押してもビクともしなくて、身体を捩《よじ》れば、また強く抱きしめられる。

『はぁ、なぁん……ん、ん』

キスの気持ちよさに、再び身体に熱が籠っていく。

苦しくて甘いキスに翻弄されていると、器用な手が服も脱がしていく。手際のよさに遊び慣れているのだと痛感した。

唇が微かに離れた時に、ぐでぇと彼の腕の中で荒い息を吐きながら、『話を……』と伝えると、俺の頬に手を添えられて、顔を上げさせられた。

『俺にチャンスをください』

『はぁっ、はぁ、……アンタ、ノンケだろ？』

『俺は貴方が好きだと言っているんです。第一、羊太さんに触って興奮する俺はノンケですか？』

質問を質問で返される。

密着しているから、犬飼がどんなに興奮しているのか気づいていた。

『ん……ぁ』

彼の熱が自分の下半身にグリッと擦れて、おかしな吐息が漏れて赤面する。

(なんで、こんな反応しちゃうのだろう？　俺……？)

今は、ホールドだって強くない……、逃げようと思えば……。

『俺達、本能的に相性がいいです。羊太さんはこんな風に誰にでも反応する人じゃないって分かっています』

『本能？』

『ええ。勿論俺が貴方を抱きたいのはそれだけではありませんが。ほら、羊太さんも俺の匂いを嗅いでください』

『……っ』

いい匂いだと思っていた。けれど、こんな風に抱きしめられながら首元の濃い匂いを嗅ぐと、くらくらと陶酔してしまう。

『……ふぁっ⁉』

彼の手が我慢できないといわんばかりに、下着の上から性器を触った。シュッシュッと上下に刺激してくるものだから堪らず声を漏らす。

もう片方の手は器用に下着を下げ、尻を柔らかく揉み始める。指が尻の割れ目に触れて、ビクンッと腰が大きく震えた。

『ぁんっ』

『……羊太さん？　お尻が？』

俺の反応に驚いた声。

『う……』

こんな反応をしたら言い訳できない。尻で気持ちよくなれる性癖だってバレバレだ。

恥ずかしがる俺の反応が、犬飼には興奮材料になったようで、さらに凶暴な目で見つめてくる。

『可愛い。――もっと見たいです』

『……っ』

犬飼が俺の耳元で囁く。

『こんな風に触れたいのは、羊太さんだけです』

〝俺だけ〟。やっぱり俺は甘い言葉に弱いみたいだ。

その情熱に惑わされて、もう冷静な判断ができず、彼の熱に飲み込まれた。


犬飼が服を脱がすまでは強引だったのに、そこからはひどく丁寧だった。

優しい愛撫《あいぶ》、久しぶりの行為に固く閉じた後孔を彼は指でじっくり拓《ひら》いてくれる。

自分じゃもうどうにもできないほど、気持ちよくなっている頃に『怖いですか』『大丈夫ですか』と聞かれた記憶はある。

本当に俺を気遣ってくれているのか、焦《じ》らされているのか、もうグチャグチャになった頭では考えられなくて、自分から彼の肩に腕を回した。

その時は、ちゃんとゴムを装着しての挿入。彼の性器はとても大きくて苦しかったけれど、しっかり解《ほぐ》してくれてたから、痛みはほとんど感じなかった。

挿入しても暫く動かなくて、俺の気持ちよくなる場所だけ触っていた。

徐々に強張りが解けた頃、彼がゆらゆらと動き始めた。

もうそれは、とんでもなく……気持ちがよかった。

彼も同じだったようで、よく分からないけれど「初めて気持ちがいいです」と初めてを多用した。

玄人の女の子が「こんなの初めてぇ」とリップサービスをするようなものだと思う。

『好きです、羊太さん……』

『い、わな、いで』

『好きなんです』

ガブガブと俺の首を甘噛みして揺さぶられると、互いに理性のリミッターが外れてくる。

記憶は怪しいが、多分それくらいからゴムをつけていなかったのだろう。

香る彼の匂いを嗅ぐと何も考えられなかった。

相性がいいと犬飼が言うのは多分当たっている。

だから、迫る彼に流されたのはそのせいだ。


昨日のことは思い出したくないのに、シャワーを浴びていると頭が冴《さ》えてきて、さらに鮮明に思い出してしまう。それに身体もジンジンとした熱を持ったままだ。

張る感じがして腹を撫でる。

（くそぉ、いっぱい。……いっぱい挿《はい》ってた）

この中に信じられないくらい長時間、彼がいた。

どれくらい中に出されたのだろう。

中の残滓《ざんし》を掻き出そうと後ろに手を持っていった時だ。

ドタッ！　ドタドタドタ……！　と何かが落ちて、こちらに向かって駆けてくる音が聞こえる。

「――羊太さんっ！」

「っ！」

バンッと勢いよく浴室ドアが開いた。

「よかった、いた……」

犬飼が俺の顔を見てホッと安堵《あんど》し、それから俺の首から下の状態に気づいて青ざめた。

明るい場所だと、肌のうっ血がハッキリ見えるのだろう。

「……っ、俺が、これを……？」

「そう。後始末するから出て行ってよ」

「嫌です」

犬飼は手伝うと湯船に湯を張り出した。

「ぎゃ……っ、いいってば！　――……ぁ」

彼の指がそっと秘部に触れてきた。真顔な分だけタチが悪い。

「少し腫れています。傷は？　見せてください」

「は？　見せてって、見せるわけないでしょ!?」

「軟膏《なんこう》を塗りながら後始末しましょう」

「話を聞けってば！」

犬飼は一度浴室から出たので、その隙に俺も出ようとしたら、ぬっととおせんぼされる。

「い、いいって……」

「そのまま放っておいたら、お腹《なか》を壊すらしいです。暴走してしまった俺のせいですので」

俺の手は、シャワーノズルの手前にある取っ手を持たされ、背後から犬飼がピットリ身体を密着させる。

軟膏の蓋はすでに開いていて、それをつけた指が後孔の縁をなぞってくる。

「ひゃ、っ、俺、自分でするって」

「動くと怪我《けが》しますよ」

「っ」

その指がゆっくり中に挿ってくる。縁がピリッと微かに痛むけど、昨日彼の大きな性器を咥《くわ》えた場所は指の侵入を難なく許してしまう。

「……っ」

「羊太さん、平気ですか……？」

昨日と全く同じ熱を持った声。

なんて声で心配しているんだ。聞くだけで背筋がゾクゾクする。

「うるさい、……するなら……早く、して」

「……はい」

根本まで挿入された指は、中に出したモノを掻き出すようにゆっくりと動き始めた。

敏感な内部の感覚を感じないように、ぎゅっと取っ手を摑む。

全部流し終えて、丁寧に身体を洗われて、風呂に入れられる。両脇に手を添えさせられてひょいと抱き上げられる。

いたれりつくせりなのに、ぐったりしてしまった。

◇

それから二日後のこと、犬飼から温井家に荷物が送られてきた。

中身はA5ランク牛肉。霜降り模様が美しい。

「まぁ！　今夜はすき焼きパーティーね」

はしゃぐ祖母の横で、肉と一緒に入っていた俺宛の封書を開いた。

そこには、労《いたわ》りと強引に関係を持ったことを詫《わ》びる言葉があった。

祖母が私には手紙がないのかねぇと俺が持っている手紙を覗こうとするので、ビクッとして慌てて自室に向かう。

ベッドに腰かけて手紙を最後まで読んだあと、ゴロンと仰向《あおむ》けになった。

「……むぅ」

どうやら、犬飼はあの晩のことを単なる一夜の出来事として終わらせるつもりはないようだ。

それを機に、店に来る度、何か手土産を持ってくるようになった。外はカリ、中はトロリなカヌレや、チョコレート。宝石みたいなイチゴ。

犬飼の手土産は評判の物ばかりで絶品だった。

俺は店の奥で作業しているので、祖母がその手土産を全て受け取っていた。祖母が「犬ちゃん、次は何を持ってきてくれるのかなぁ」と俺をチラチラ見て呟いてくる。

女性というのは勘が鋭く、俺がゲイだとバレていないのかも怪しい。

そんな祖母の視線を感じながら、なんとなく犬飼を避け続けていた。

◇

底冷えするような寒さから徐々に春らしい穏やかな気候になり始めた。

入学準備用品は年末から売れていくが、入学直前となると既に出来上がった基本セット商品の売れ行きが特にいい。奥で予約表を見ていると、お客さんに呼ばれた。

「羊太ちゃーん、ちょっと頼みがあるんだけどぉ！」

きっと不定期開催の教室に参加している客だと、いつもの長テーブルが置いてあるスペースへと向かった。

「はーい、お待たせし……」

「こんにちは、羊太さん」

平日の午前中だというのに、犬飼が奥様方の真ん中で縫物をしていた。げ……と思いながら視線を逸らす。

「羊太くん、久しぶりねぇ、最近ずっと奥に籠りっぱなしじゃないのぉ」

「あ、うん。そうだね、ちょっと作業があって……」

「淋しいから、顔だけでも見せてちょうだいよ」

その場にいた客が頷いている。犬飼も。

「はは……、ありがとうね。そう言ってもらえて嬉しいです」

「それと、発注頼めるかしら？」

勿論、とメモとペンを持って客の注文を聞いた。また今度ゆっくり話をしましょうなんて誤魔化して、足早にその場を離れる。

奥の保管室に向かう途中、後ろから誰かに腕を摑まれた。犬飼だ。

「な、なんの用……」

「これ、俺の連絡先です」

犬飼は俺の手のひらに油性ペンで連絡先を書いた。今更ながら俺達は互いの連絡先を知らなかった。店の帳簿にはあるけど。

「羊太さんの連絡先も教えてください」

そう言って油性ペンを握らされる。俺の前に差し出される彼の手。そこに油性ペンで書けっていうのか。水で落ちないぞ。

後退ると、それ以上に詰め寄られる。

「書いてください」

「………分かったよ」

キュッキュッと彼の手に連絡先を書くと、彼は律儀にお礼を言いながら、また長テーブルに戻った。そこにいる客が犬飼の手の文字に気づいたのか、「んまぁ、そんなところに油性ペンで書かれちゃったの〜〜！」などと盛り上がっていた。書かされたんだ。誤解を解け。

そんなわけで、携帯の連絡帳に、青木《あおき》って奴の次に犬飼の名が載った。店を閉めて、部屋に戻ると、ピロン。とメールが届く。

『連絡先交換できて嬉しいです』

「はぁ〜〜〜」

ポスンと携帯の上にクッションを被せた。

六．

商店街から徒歩七分、桜並木が自慢の公園がある。中央を流れる川に沿って、何百本もの桜が植えられており、水面《みなも》に映るピンク色が美しい。

三月下旬頃になると、毎年花見客で賑わいを見せる。

「今日は月が綺麗ですね」

閉店時間にやってきた犬飼が、俺を見てそう言う。

月が綺麗……どこかの文豪が伝えた愛の告白の台詞《せりふ》を思い出す。

「……そうですか」

「花見に行きませんか」

「いいわぁ！　行きましょう」

俺が何か言う前に祖母が返事をしていた。

————なんで？

そんなわけで男二人の真ん中に祖母。三人で徒歩七分のところにある公園まで歩く。川沿いには提灯《ちょうちん》がつってあり、桜は昼間とは違う雰囲気を見せる。

がやがやと賑やかな方を見ると、芝生の上で花見客がレジャーシートを敷いて宴《うたげ》を楽しんでいた。

「佳代ちゃーん、いい男に囲まれて花見かい？」

「そうなのよぉ。モテちゃってねぇ」

近所なので、知り合いとすれ違うだろうなとは思っていた。

祖母が話し込んでしまいそうな予感がしていると、案の定、「あとは若いお二人でごゆっくり〜」

なんて適当に放り出される。

「ちょっと、ばあちゃん!?」

「あら、犬ちゃんは羊太を誘いたかったのよ。丁度いいじゃない。ね?」

「はい」

………この二人、仲良しすぎる。

つまりあれか、犬飼の手土産攻撃に祖母は完全に陥落していたというわけか。

もういい、適当に見て帰ろうと歩き始めると、夜店のいい匂いが空腹の身体を刺激する。

ぐぅ〜。

辺りは賑やかで小さな腹の虫なんか聞こえないと思っていたけど、ちゃっかり横にいた犬飼には聞こえたみたいだ。

「何か食べますか?」

首を横に振ったが、「たこ焼き二舟ください」と犬飼が注文している。

手渡されたナイロンパックから伝わる熱とソースのいい匂い。……うん、たこ焼きに罪はない。

「丁度、俺も腹が減っていたので」

「どうも。……犬飼さんって夜店とかで買い食いするんだね」

「大人になってからは初めてです」

そうだろうなと思っていると、手を引っ張られてすぐ横の土手に座らされる。

その隣に犬飼が座るから距離を置いて座り直し、勢いよくたこ焼きを頬張ることにした。

「来年も見たいですね」

「……桜は毎年咲くよ」

「いやだな、羊太さんとですよ」

桜にイケメン、相乗効果。

「ホント、嫌味なほどの美形」

「どうも。どうせなら、羊太さんに好まれる顔がよかったですけどね」

「……」

好みのど真ん中だ。自分の理想の高さに嫌気がさす。

犬飼の傍にいると、付き合っちゃえよ、こんなイケメンと付き合う機会なんてもう二度とないぞ。と心の声が囁く。変に意固地にならずに恋愛を楽しめられればいいと思う。

けれど、前に抱かれた時に、――予感がした。

ホテルの部屋に入った時、最初の抵抗以外ほとんど何もしていない。それどころか犬飼の腕に包まれ、熱に飲み込まれるのが嫌ではないと思ってしまった。

彼の手で身体を探られて、今まで知らないところまで気持ちがよくて……。

あのあとからずっと、自分の中に、ふつふつと熱が湧き上がるような感覚がある。

――多分。

俺は過去の恋なんて比じゃないくらい、彼のことが好きになるだろう。その分、もし彼の熱が去った時、簡単には起き上がれないに違いない。

この意地を取っ払って、本当に大丈夫なのか？

その自信も経験もなくて、深く考えたくない……。

水面に映る逆さ桜が、まるで俺の気持ちのようにゆらゆらと揺れている。

すると、それを隠すように水面に影が出来た。

「あのぅ、さっきから凄く格好いい方だなと気になっていました。よかったら連絡先教えていただけませんか？」

見知らぬ女性が犬飼に声をかけた。

土手には俺達以外にも花見客が座っていて、彼女達も桜を見ずに犬飼をチラチラと見ている。

「いいえ。連れがいますので」

犬飼がそう言うと、女性は初めて俺に気がついたようで、困惑して頭を下げて去っていった。

「可愛い人だね」

「気分を害してしまってすみません」

「……」

機嫌が悪いように見えるのかな。

そんな態度を取っちゃうってことは、俺はよほど嫉妬深いらしい。

喉に詰まるような感じがして、たこ焼きが上手く飲み込めないけれど、意地で全部食べきった。

「俺、帰るよ」

――……よかった。

今回は過去の反省点が忠告してくれる。

〝ノンケ〟〝モテ男〟〝甘い言葉〟……度合いは違うけれど、共通点は多い。

女の子に勝てるわけがない。

立ち上がり土手を登った。送っていくと言う彼の前をスタスタと歩く。桜も人も目に入らない。

もうすぐ自宅に着く。そしたら花見は終わりだ。

「羊太さん」

名前を呼ばれたから、振り向いた。

彼は何かを言いかけてやめた。言うのを躊躇《ためら》っている様子だ。じっと待っていると、一言だけ口に出した。

「ご迷惑でしょうか？」

「……――はい」

彼の表情を見ると、こちらまで悲しくなりそうだった。

◇

窓ガラスに粒、粒、雨の粒が一つ二つ……。

雨が降ったり止んだりの天気が続いていた。

今週は月曜から日曜まで雨マークが続く。

「だるぅ……」

湿度にイライラして、気圧のせいか肩凝りもする。

湿気が高いと、髪の毛はしっけしけになり、うまくセットが決まらない。

一番苦手で憂鬱《ゆううつ》な梅雨の季節が到来だ。

大きく溜め息をついて、新聞を見たあと、祖母と二言、三言話して、店を開ける。

作業の合間に外を覗くと、変わらず雨。

「はぁ」

——……季節の移り変わりのように人の気持ちも変わるのだろうか。

犬飼が店に来なくなった。

花見のあとじゃない。六月に入るまでは犬飼は店に来ていた。

犬飼と顔を合わせ辛くて、店の奥で作業していたけれど、祖母と彼が話している声や周囲の黄色い声で彼の存在は近くに感じていた。

最後のメールは、ゴールデンウイークの忙しい時期だった。

『お元気ですか』と送られてきた。

ただ、それだけの短文を何度か見返して……そこで止めた。それ以来、ぱったりと来なくなった彼とメール。

俺はメールを送らなくてよかったと自分に言い聞かせた。

これからの季節に羊毛は暑苦しいのだ。

ようやく彼もそれに気づいたに違いない。

「羊太、そろそろ髪の毛を切ったらどう？」

「うん、そうだね。痒《かゆ》くなる前に整えてくるよ」


この時期に髪の毛を切るのは毎年恒例。本業が美容師の一郎に頼み、スッキリ短く揃えてもらった。いつもより、三センチ短くしてもらう。

短かすぎて毛先がくるんと巻いている。指に絡めながら家に戻ると、祖母が夕食を作ってくれていたので一緒に食べた。

先に食べ終わった祖母が片付けも途中に携帯を手に持つ。

「羊太こっち向いて。はーい、ポーズ！」

祖母が写真をパシャパシャ撮る。彼女の言うままに笑顔を作った。

「何？」

「ん～？　ふふふ」

彼女はその写真を誰かに送っている。きっと俺の身内だろうなとさして気にも留めなかった。

その頃、祖母がかぎ針で編んだ鞄が好評で、調子に乗った祖母はよくかぎ針編み教室を開いていた。

相変わらず、この店は賑やかだなぁと思いながら、暑い中こうして足を運んでくれている彼女達に冷たいお茶をサービスする。

いつもの長テーブルにお茶を人数分置くと、カランとお茶に入った氷が揺れて音が鳴った。

「最近、犬飼さんってば、お店で見かけないねぇ」

突然、お客さんの口から犬飼の話題が出てきて驚いたけれど、彼は祖母の教室にもよく参加して、お客さん達とも仲良くしていたから何も不思議じゃない。

目の保養がなくなって淋しいのだろう。

「でもさぁ、犬飼さんみたいなイケメンに恋人がいないなんて信じられないわぁ」

「あら、あの美貌じゃぁ、もう恋人ができているでしょう」

それもそうねと笑う声に俺も静かに同意した。

◇

チリン。

閉店時間になり、外に出て空を見上げた。

俺にとって、夏の一番いいところは夕方の太陽だと思う。冬は真っ暗だけど、夏は優しいオレンジ色がまだ周りを薄明るく照らしている。

「ばぁちゃん、ちょっと散歩行ってくるね」

「晩御飯、どうする？」

残しといて〜と祖母に声をかけながら、店を出た。川沿いを歩きながら、マジックアワーの静けさを感じる。少しずつ夜の青色が増えていき、明るい部分が奥へ奥へと追いやられる。

この時間がなんとも好きで、夏の暑さもあまり気にならない。

ぼんやりと空を見上げて歩いていると、川を挟んで反対側の歩道に同じように散歩をしている人影が見えた。

この時間帯は特にジョキングしている人、犬の散歩をしている人、様々な人がいる。

俺が人影のひとつに気を留めたのは、それがこちらを向いて立ち止まっているように見えたからだ。

夜の青が建物と桜の木の影を濃くして、ハッキリとは見えない。

ただ、長身のシルエットは男だ。それからやっぱりこちらを見ている。大股の一歩を踏み出して急ぎ足でこちらの方へやってきた。

俺のいる場所はまだ明るくて、シルエットだけだった彼がそれほど長くない橋を渡ってこちら側に来ると、ハッキリ誰なのか分かる。

「……犬飼さん」

小さな呟きは耳のいい彼には聞こえたようだ。

「お久しぶりです。羊太さん」

大股の速足で少しだけ息が乱れているのを見て、俺の心臓はやたら乱れる。

たまたまだ。彼がここにいたのはたまたま。

「たまたまだと言いたいですが、すみません。佳代さんから近所を歩いていると聞きました」

「……」

「髪を切った羊太さんに一目会いたくて」

「はっ……はは、相変わらず、言葉が上手いですね」

髪の毛を切った時、祖母が誰かにメールを送っていたのは、犬飼だったのか。

けど、髪を切ってから、二か月も経つ。

俺のことが気になったって？　なら、もっと早く様子を見にくるだろう。だから、これは社交辞令の一種。

「一緒に散歩しませんか？」

「……」

俺はその言葉に頷かず歩き始めた。すると、彼も同じように歩調を合わせて隣を歩く。

「ちょっと……」

何も許可していないのに、なんで隣を歩くんだと睨《にら》んだ。

彼は目が合っただけなのに、嬉しそうに頬を緩ませる。

「花見以来ですね。また、こうして一緒に歩けて嬉しいです」

「……」

だから、俺は一言だって一緒に散歩するとは言っていない。話しかけられても仏頂面のまま返事もしない。

ほら、そんな奴の横を歩いても楽しくないだろう。彼も少し困った顔をしている。――なのに、彼は俺を店まで送り届けてくれて、〝また〟と言った。

久しぶりに、ほんの少し顔を見て会話しただけなのに、気持ちが浮上してぐらんぐらん揺れて気持ち悪い。

空の赤は、あっという間に夜に追いやられていた。

◇

「――――……え？」

十月下旬、犬飼から店宛に一枚のハガキが送られてきた。

裏面は、夕陽をバックに撮られた港町の写真だった。山の傾斜に家屋が密集してどこか異国情緒が漂っている。

外国のどこかと思いきや、甲板には見慣れた言葉が書かれている。

「まぁ、綺麗なところだねぇ」

ハガキを祖母に見せると感嘆の溜め息をついた。

これを祖母に寄越すくらいなのだから、その場所のことも犬飼のことも知っているのではないかと思った。

「ばぁちゃん、最近犬飼さんって店に来ている？」

「あら、アンタ知らないの？　犬ちゃん、転勤中なのよ。今超田舎の暖かいところに住んでいるわよ。住んでいる場所の写真を見せてって言ったの」

「えっ、――転勤？」

転勤している？

ずっと近くに住んでいるものだと思っていたから驚いた。

じゃ、店に来なくなったのも、〝髪を切った俺〟に二か月経った頃に会いにきたのも……単に物理的な距離の問題だった？

「そうよ。アンタ達仲良さそうなのに何も言わないのね。――あ、そうだわ。『羊太が犬ちゃんのことを聞いてきました』と」

パソコンでの発注作業や調べ物が苦手なのに、携帯でのメールの打ち込みだけはやたら早い祖母。

「何それ、まさか、犬飼さんに？」

「ほほほ」

祖母が変な笑い方をした時、チリンッとドアを開ける鈴の音が鳴り、祖母は接客に飛んでいってしまった。

祖母は本当にそんなメールを犬飼に送っていたようだ。

店を閉めた後、一郎と居酒屋で飲んでいると犬飼からメールが来た。

丁度、注文したエビフライを摘《つま》んでいた時だったから、驚いてポロリと落としてしまう。

【ご無沙汰しております。お元気でしょうか？　佳代さんにメールを頂きました。自分のことですが、転勤はたった半年間なものですから、お伝えしませんでした。本当は聞いて頂きたかったです。携帯には迷って送れなかったメールの下書きばかりあります】

「……」

――……なんで？

まだ気持ちが俺にあるようなメール。短いその文を読んでいるうちに、息が苦しくなってきた。

まだ飲み始めたばかりのお酒が回るわけがないのに、携帯の画面が揺れる。

「羊太くん、どうしたの？」

携帯を持ったまま固まる俺を心配して、一郎が声をかけてくる。

こんがらがる気持ちを、はは……と空笑いで誤魔化すけれど、上手くいかない。

「どうしよう……俺」

「？」

ゴツンとテーブルに頭を打ち付けた。暫くそうしていると、一郎がツンツン俺の頭を面白そうに突く。それでも動かないと、髪の毛をくるくると括《くく》り始めた。

絶対おかしな髪型にされていると、くるりと一郎の方に顔を向ける。睨んだのに、彼があはっと笑う。

「羊太くん、面白い顔になっているよ？」

その言葉に「……うん」と頷いた。

自分でも半泣きくらいの変な顔になっている自覚がある。

こんなのは身勝手だ。酷い態度ばかり取っている俺にこんなことを思う資格などない。

でも、今、犬飼からのメールを見て嬉しく思っている。

「俺、自信がないんだ……」

そんな俺を面白い生物でも見ているかのように、一郎は頬杖をして「ふぅん」とニマニマした。

「自信ないの？」

「うん」

「その前にさ、何かやってみたの？」

「え……」

「自信があってもなくても、やってもいないことで悩むのは馬鹿だよ」

一郎は行動が馬鹿なのに、変なところで核心を突いてくる時がある。自分が殻の中で籠っていることをすっかり見透かされていた。

「やってみなよ。そうしたいって顔に出ているよ」

「したい……？」

彼は枝豆片手にもごもごと口を動かしながら言う。当てずっぽうかもしれないけれど的を射た助言に俺の酔いはすっかり醒《さ》めてしまった。

そんな俺に一郎がお茶を頼んでくれる。


「早いけどお開きにしよっか」

物知り顔をする彼に頷いた。

「じゃあね」

別れる一郎の背を見送ったあと、くるりと反対側を向いた。ゆっくり歩いていたはずなのに、気がついたら一気に猛ダッシュしていた。

(言われないと分からないなんて！　俺、逃げることしか考えていなかった)

あぁ〜と自分の馬鹿さ加減や情けなさに叫び出しそうなのを堪えながら、自宅に戻り、二階への階段を一気に上がる。

一郎の適当な言葉は、拗《こじ》れた俺の頭には丁度よく、分かりやすかった。

自分の部屋に着いて、鞄の中から携帯を取り出した。

【俺は元気です。犬飼さんもどうぞご自愛ください】

七

七泊八日で、取引先である工場の手伝いをしていた。

その工場は特に羊毛糸を専門的に扱っており、他国からの買い付けだけではなく、自社で牧場を構え羊の飼育まで行っている。

慣れない作業は大変だけど、羊毛糸が出来上がっていく過程を見るのは楽しかった。

最終日は帰りの新幹線の中で爆睡したけれど、疲れは取れず、ふらふらで手芸店に戻る。

店の外にも二階へ通じる階段がある。そこから上がって自宅に入ると、いつもの場所に安心して身体の力が抜けた。

スーツケースも片付けず、目の前にあるキッチンスペースの椅子に腰を下ろす。

「羊太、帰っていたの？　おかえり」

「ただいま」

俺が帰ってきたことに気がついた祖母が、店から二階に上がってきた。

お疲れと声をかけてくれる彼女に工場でのことを簡単に報告する。羊糸のこと、羊毛糸の価格変更、どんなことを手伝ったのか。

「どこも人手不足だから、これからも手伝えるなら手伝いに行きなさい」

「ん、分かってるよ。でも、慣れないから疲れた」

ぐでぇとテーブルに突っ伏していると、強い睡魔に襲われて瞼を閉じた。

次に目が覚めると、俺の肩にはブランケットがかけられていた。それと甘くていい匂いがすると思ったら、目の前にリンゴパイが置かれている。

これを目の前に置くってことは、食べていいということだろう。

ワンホールを四分の一切り分け、自分の皿に乗せてパイをフォークで刺す。

「ん、甘い」

サクサクパイ生地にゴロゴロとたっぷり入ったリンゴ。酸味と甘みが絶妙だ。

大きな口で頬張りながら、リンゴパイが入っていた外箱を手に持つ。

デザインもいいなと箱をくるくる回して眺めていると、製造店の住所シールが目に入った。

あれ、この住所って……。

「ねぇ、あれ誰かからのお土産？」

不思議に思った俺は、店にいる祖母の元に向かった。

「そうよ、犬ちゃんからのお土産だよ」

「……犬飼さんが来たんだ」

「さっきね、転勤から戻ったそうよ」

転勤から戻ったばかりだというのに犬飼は、こちらに寄ったようだ。

手土産を真っ先に祖母に手渡す犬飼……。二人の関係が謎すぎる。

「あ、そうだ。土産の紙袋の中に、犬ちゃんの携帯が入っちゃっててね。困るだろうから届けてあげて」

「え」

「羊太に会いたそうにしていたわ」

そう言うと、祖母がさらさらと達筆でメモに犬飼の住所を書き、土産のお返しにコーヒー豆を持っていけと紙袋に入れて手渡された。

先程、少し休んだおかげか、疲れて出歩けないほどじゃない。断る理由はない。

「分かった」

薄手のカーディガンを摑んで、店の外に出た。

日中は暖かい日差しがあったけれど、日が暮れると一気に肌寒くなる。風が吹いてブルリと身を震わせた。

――そりゃ、そうか。もう十一月も中頃だからな。

一か月前、初めて犬飼からのメールに返信した。

返信して、実のところ酷くスッキリしている。

もし、犬飼の気持ちが俺の勘違いで――それはやっぱり凄く怖いけれど、何もしないのは違う。

一郎の言うところの、〝馬鹿〟だ。

次はどんな内容でメールを送ろうかと考えていると、彼からメールが届いた。

何を返信してよいのか困るような画像だけのメールだった。

一枚の青空の写真。画像だけなのは、返信不要という意味に思えて迷った。

だけど、何か返事がしたくて滅茶苦茶考えた。

【いい天気ですね】

一言。送るのに時間がかかったのに、コレ。なんて酷い。

もっとキャッチボールできるように質問すればよかったけれど、思い浮かばなかった。

悶々《もんもん》としていると、犬飼から返事が来た。

【雲を見ると、思い出します】

思い出す……？

もう一度、青空写真を見ると、もこもこした白い雲が写っていた。

――……俺？

……の髪の毛？

「はは……犬飼さんのジョーク？」

どんな顔して送っているのだろう。

それから俺も画像メールを送ることにした。互いに送り合って、律儀に一言二言返信し合う。

この一か月、そんな不思議な関係が続いていた。


ピンポーン。

祖母から教えられたマンションの前に立ち、インターフォンを鳴らした。

緊張しすぎて、息が少し苦しい。

すぅはぁすぅはぁと大きく深呼吸しながら、犬飼の返事を待つ。

しかし、応答なし。

（なんだ……留守か）

緊張して強張っていた身体が脱力する。

ポストに入れておこうか、少し暇つぶしをしてから再度立ち寄ろうかと迷っていると、背後から「羊太さん？」と声をかけられた。

振り向いた先にいたのは、犬飼だ。いつもキッチリしている彼だが、今日はラフなTシャツとズボンだった。コンビニの袋を持っている。相変わらずの美貌で目の下にあるクマも変わらない。

「久しぶりです、犬飼さん」

「……お久しぶりです」

突然の訪問に彼はとても驚いている。気まずくならないようにサッと用件を伝えることにした。

「先程、店に携帯を忘れていたので持ってきました。それと手土産は、祖母からです。コーヒー豆」

「そうでしたか。お手数おかけしました。ありがとうございます」

持っていた紙袋を彼に手渡そうとして指先が触れる。

それだけで手汗が出てしまいそうなほど、緊張していた。

「どうぞ、上がってください」

「あ……いえ。今日はお疲れでしょうし、また後日にでも。俺もゆっくり話をしたいですし」

「どうぞ」

「っ」

手を強く掴まれて、彼を見た。

「是非。羊太さん」

強引な様子にゴクリと息を飲む。実のところ、犬飼に自分の気持ちを伝えようと思っていたのだ。

断る理由なんかなくて、こくんと頷いた。

「散らかっているので、少し待っていてくださいますか？」

「……はい」

部屋の玄関前でそう言われ待っていたけれど、呼ばれていざ彼の部屋に入ってみると、とても綺麗だった。

ソファにテーブル、パソコン。テレビはない。あと時計。片付いているというよりも殺風景。

何もないのは、出張から戻ってすぐだからだろうか。

「お茶、珈琲。先程買ってきたビールもありますが、何にしますか？」

「……では、お茶をいただきます」

お茶を淹《い》れてもらう間、ソファに座るよう勧められたので腰をかける。

慣れない場所にソワソワして視線を彷徨わせていると、すぐ横のロッカー型収納棚が目に入った。

他が殺風景だから、どうしてもそこに目がいく。

収納棚から、柿色の羊毛糸がちょろっと出ていて、そこだけ生活感があった。

彼の私生活を色々想像してしまう。

このソファだとこの棚に簡単に手が届く。ここに座りながら、編み物をしているのだろうか。

それから、このちょろっと出ている毛糸は、さっき彼が〝散らかっているから〟と言った箇所なのではないだろうか。

コンビニに行くまで編み物をしていたから、急いで片付けた？

——どんなものを編んでいたのかな？

今の彼の腕は相当なものだと思うので、作った作品を見てみたい気がした。

「犬飼さん、今は編み物で何を作られているのですか？　見てみたいです」

思わず収納棚の取手に手を軽く触れてみる。

「え」

犬飼がこちらを振り向いた時、収納棚の扉が勝手に開いた。

彼が急いでこの棚に押し込んだからだろう。その中には毛糸や編み物の数々が目一杯詰め込まれていて、俺に向かってなだれ込んできた。

コロコロ、コロコロ……と周囲に転がっていく毛糸。

「すみません、取手に触れてしまって……」

それを追いかけて手を伸ばすと、いつの間にか傍に来ていた犬飼が先に毛糸を拾う。他にも沢山散らばってしまったので、改めて周りを見た。

色……柿色……。沢山ある柿色っぽい編み物はどれも同じようなモノばかり。

この違和感はなんだろう。

丁度手に触れていたそれを持って広げてみた。

「あれ？　このマフラー。どこかで見たことが――？」

柿色だけど、赤や青、黒色も混ぜ込み編まれている。

昔、俺が作ったマフラーそっくりのデザインだ。

――でも、俺のじゃない。あれはいつだったか、どこかに置き忘れてしまった。

もう一つ手に取ると、今度は編みかけだった。コロコロと毛糸玉が転がってしまう。

それを追いかけて手を伸ばすと、犬飼の手と重なった。

「――羊太さんのマフラー、そっくりでしょう」

「え……」

その言葉に犬飼を見た。

俺がこんな風に近くで彼を見ると、大抵真っすぐ視線が合う。

だけど、今の彼は眉間に深いシワを寄せて下を向いている。その様子は、何か言いにくいことがあるみたいだ。

静かに彼のことを見つめていると、ほんのりと彼の頬が赤くなっていく。

「……ホテルに置き忘れた貴方のマフラーですが、今も俺が持っています」

「……ホテルに？　――俺の？」

彼は、はいと頷く。声がいつもより低い。

「本当はすぐ返す予定でした」

「……」

重なったその手を強く掴まれ、彼の香りが伝わってきそうな距離になる。

思わず跳ねた鼓動が彼に伝わってしまいそうだ。

「返す予定でしたので――、お店に行く時はいつも紙袋にマフラーを入れていました。でも、いい匂いがして返せなかった。鞄の中に入れてまた持ち帰る。匂いがなくなっても貴方が身に付けていたものだと思うと離しがたくて。だから……」

言いにくそうに、彼は、「もうこれは自分のものにしようと」と言った。

「貴方に渡すマフラーは、自分がそっくりに作って返せばいいと」

「……」

俺のマフラーは、太さも色もバラバラの羊毛糸を混じらせて編んでいて、そっくりに作るのは難しい。

でも、器用な犬飼のことだから――。

「出来上がりました。でも、また解いて、編んで。今度は貴方が着ているセーターが編みたくなって、真似《まね》して」

そうだった。

店で会う度、彼は俺が着ている服のことでよく声をかけてくれていた。

「着ているものじゃ足りなくなって……」

「……」

「編んでも編んでも……足りないんです」

欲しくて、欲しいのだと訴える声も手を握る力もひどく弱い。

肉食が強く出ればきっと羊は動けない。

俺の身体が簡単に手に入ることは犬飼も分かっていた。

それだけじゃ嫌で、でも、強引に言いくるめる以外方法が浮かばないと。

――……いったい、俺は犬飼の何を見ていたのだろう。器用だからなんでも全部思い通りに出来る人だと決めつけていた。

「犬飼さん……」

呼ぶと、彼が〝手だけじゃ足りない〟と懇願して、俺の身体を抱きしめた。勢いで後ろに押し倒されてしまう。

「好きです」

「……っ」

「好きなんです、羊太さん」

情けなくて涙が目頭から溢れてぼやけているけれど。

――今……ちゃんと本当の彼が見える。

「ごめ……んなさい」

編み物の数だけ彼の気持ちが伝わってきた。

でも、傷つくことが怖くて逃げてばかりだった自分はどう伝えていいのか分からない。

罪悪感や恥ずかしさ、嬉しさ……色んな感情が込み上げてくる。

「ごめん、なさい――」

その身体を抱きしめ返した。

俺は、犬飼が好きだ。三ツ星レストランで夕食に誘われたあの時にはもう好きになっていた。でも前の恋愛以上に犬飼にのめり込むのが怖くて。彼の熱が去ったあとはどうすればいいのかなんて、――そんなのは犬飼だって同じなのに。

静かに忘れようとして、全然忘れられない恋。

「好きになってくれて、すごく嬉しい……」

胸元に頬擦りすると、嚙みつくような唇が降ってきた。吐息も何もかも食べてしまおうとする彼のキス。

あっという間に服を脱がされる。激しいその情熱に流されまいとくっついてしがみ付くと、彼の熱は益々大きなものになる。

それを嬉しいと伝えると、強い腕の力がふわりと包み込むような柔らかさに変わった。

◇

朝陽が眩《まぶ》しくて目覚めると、犬飼は俺の髪の毛に顔を埋《うず》めて眠っていた。犬の姿だ。

すーすーと寝息をたてて、熟睡している。

ゆっくり寝かせてやるかとそっと起き上がろうとすると、犬の身体から人型に変わった。まだ寝起きでぼんやりした顔をしているが、俺の身体をぎゅうと抱きしめる。

「羊太さん、ぬくいです」

その満足げな表情を見て、起きるのはやめる。それから彼の身体にピットリと身を寄せてくっついた。

「俺も」

◇犬飼は悩ましい◇犬飼視点

カタカタカタ……カタ。

クライアントからヒアリングした要望に応えるために、何時間もパソコン画面を睨んでいる。

ＩＴ業界に入ったキッカケは、学生時代にハマったプログラミングだった。システム開発全般に興味があったため、システムエンジニアの職を選んだ。

細かい作業も嫌いじゃない。それに設計を基にシステムが出来上がっていく様子は、パズルのピースを一つ一つ埋めていくような楽しさがある。

ただ、クライアントや周囲の人とのコミュニケーションが重要になるし、納期前は拘束される時間も長くて体力がいる。やりがいも達成感もあるが悩みは尽きない。

「犬飼さん、もう修正案が出来たのですね。流石ですぅ」

背後で自分の作業を見ている女性社員が少し高い声で語尾を伸ばした。

何か用事かと後ろを振り返れば、やたら瞬《まばた》きをして「よかったら」とお茶と菓子を渡される。

そういう雑務をうちの会社はしない方針だが、自らそれをやりたがる女性社員がいる。

「いえ、結構」

断っていると、斜め横から同僚達が囁いた。

「うわ、塩対応」「完璧すぎて嫌味だよな」「あぁ見えて女を食い漁《あさ》っているとか？」「機械と仕事しているみたい」

ミスをするよりはしない方がいいと、同僚のミスに気づく度に指摘すれば、いつの間にか浮いていた。

指示や依頼をするのに好意などは関係なく仕事上は問題ない。何を言われてもいいと割り切ってはいるが……。

煩わしい空気に立ち上がり、疲れ目を押さえながら休憩室に向かった。暫くして戻ると、断ったはずの差し入れと手紙が机の引き出しの中に入っていた。

ビルの屋上にあるベンチに座ると、コーヒー片手に欠伸《あくび》が出る。

カフェインなどでは効かない睡魔は、正午過ぎにやってくる。

横になれば楽になるが、以前、見知らぬ女が横に座っていて軽くホラーだった。仮眠室でも同じことがある。どうしても〝犬飼が寝ているぞ〟と情報をばら撒《ま》きたい人間がいるらしい。

また、欠伸。一、二……

止まらない欠伸を手で隠していると、後ろから同僚が声をかけてきた。

「犬飼は、相変わらず酷い面しているねぇ」

「湯沢《ゆざわ》か」

湯沢恵一《けいいち》。唯一、社内でまともに話せる男だ。とはいっても彼が一方的にベラベラと話すだけ。

「まだ眠れない日が続いているのか？」

「あぁ」

「人肌って落ち着くらしいぞ。温めてもらえよ。犬飼ならごまんと添い寝したぁいって奴がいるだろう。あぁ、人付き合いが嫌なら、玄人を誘えよ。添い寝サービスって知っているか？」

ほらな。ベラベラとまぁよく話す男だ。

この男は、自分が不機嫌でもつまらなさそうでも大して気にしないので気が楽ではある。

「知らない」

「だよな。まぁ、本番一切禁止の健全店だ」

興味は全くないが、手のひらに名刺を置かれると何気なく見てしまう。

「添い寝サービス　ぬくぬく……？」

添い寝……同じ布団に入って身体を温めるってことか？

健全だと謳《うた》っていても怪しすぎる。

「俺、そこのオーナーと知り合いなんだけどさ、一番人気の子を紹介してやるって。物は試しっていうじゃねぇか。後腐れなくていいだろう」

後腐れ？　玄人だろうと素人だろうと面倒くさいのはあまり変わらない。

以前、接待でキャバクラを使ったことがあるが、キャストに迫られセクハラされ酷い目にあった。

気が変わったら声かけろよと親切心で言われるが、気なんか変わるものか、と渡された名刺を大して眺めずポケットの中に突っ込んだ。

◇

湯沢と話したその日の夜も、身体は疲れているのに眠気がやってこない。

とにかく休息しようと、横になって目を閉じていた。

寝不足の脳は何故か嫌なことをフラッシュバックさせる。

『犬飼くんって不感症だよね』

『私だけ見てよ。こんなに尽くしているじゃない。なんで連絡くれないの？』

『私から迫ったけど、貴方って自分の感情あるの？』

『アイツ、ロボットだから、何言ったって無駄！』

過去に言われた言葉だ。

関わりを持った女性達。迫られて交際して、また、次も、その次も。

向き合うことに疲れてしまう。仕事上では上手く口は回っても、私生活になると仮面が保てない。

せめて、誠実に対応しなくては……。

『犬飼さんは、他人に興味がないんだよね』

一番最後に付き合った女性はそう言って、自分を責め立てた。

はぁっと溜め息をつく。とても眠れる気がしなくて起き上がった。

まとまった時間眠れたのはいつだったか。……あぁ、先週末の休みに眠剤を飲んで眠ったか。

冷蔵庫を開けると、その明るさに益々目が冴える。ペットボトルを取り出して一気に飲んだ。ペコペコとペットボトルが凹《へこ》む。


不眠症になって二年経つ。

正確な時期は分からないけれど、自分のことをよく理解してくれていた祖父母が亡くなってから、少しずつ眠れなくなったように思う。

空になったペットボトルをゴミ箱に投げ捨てて、顔を洗おうと洗面所へ向かった。

目の下にクマ、酷い顔をしている自分が鏡に映っている。

限界かもしれない。

その時、棚に置きっぱなしにしていた湯沢からの名刺が目に入った。

――――物は試し。女性は駄目でも、同じ男のスタッフなら……。


次の日、会社の休憩時間に湯沢に声をかけた。

自分の急な心変わりに彼は驚いていたけれど、理由は聞かなかった。オッケーと軽めに言いながら、店のオーナーに連絡を取ってくれた。

予約は明後日《あさって》か明明後日《しあさって》のどちらがいいかと聞かれて、明明後日と答えると、オッケーと彼はまた軽く言った。

◇

コンコン。

「こんばんは。ぬくぬくから参りました」

ホテルのドアを開けると、まあるい白いもふもふが挨拶をした。

（……綿菓子）

上から見るとそういう感じ。少し身体を後ろに下げると全体的な彼が見えた。

添い寝サービスのキャストは、白い髪の毛で顔の半分を隠した羊獣人だった。

歩くと、その白い髪の毛が、もふ、もふ、と揺れる。

――――目は見えているのだろうか。

髪の毛には驚いたが、添い寝サービスなど頼んで後悔していた。少しでもおかしな点があれば帰ってもらおう。

案内した椅子へと促すと、彼は一言断ってそこに座り、サービスの説明を始めた。普段接してくる女性のように媚《こ》びた感じはしない。舐めるような視線もない。

想像していたより、よい意味で〝普通〟だった。説明も分かりやすい。人気のスタッフだと聞いていたので、なるほどと頷ける。

「え、へへ」

場慣れしない自分に対して、懸命に雰囲気を和らげようとしてくれている。それが伝わり、自分も場を持たせるように話し始めた。だが、つい愚痴めいたことを呟いてしまい、話を切り替える。

過去の経験上、愚痴を言っても聞いてもよい雰囲気にならないからだ。それが辛いとは思っていなかったのだが、横にいる彼は〝つまらない俺の話も聞きたい〟と言う。

「俺で息抜きしませんか？」

その様子がなかなかに誠実なものだから、言ってもいいような気分になった。

彼の静かな相槌《あいづち》は心地がいい。酒の場よりは固い空気だけど、親しみを持てる雰囲気。

彼は〝友達〟に対して、こんなに誠実なのだろうか。

そんな風に思いながら、結構ダサい弱音を吐いてしまう。

「……」

もっふ。もふ。

しかし、気になる。彼が相槌を打つ度にもっふもふと髪の毛が揺れるから、視線がそちらに向いてしまう。

愚痴を言いながら、悩みよりもそちらの方が……。

――……なんだろう、ふわもふで……可愛いな？

自分は案外、可愛いモノ好きだったのだろうか、この白いモフモフなら、ずっと見ていられる。

「――頭に触れてみませんか？」

「え？」

見すぎてしまったようで、彼がそう声をかけてくれた。

触りたい。好奇心に駆られて、手を伸ばして触れてみると、ふわ……っと極上の手触り。少しそこを押すと、手が沈む。

「…………………………………っ、凄い」

なんだ、これっ……と驚いている自分に彼は微かに笑う。何故か胸が熱くなる。

「お疲れでしょう。横になりながら触ってください」

「……分かりました」

ベッドに横たわると、彼も俺の傍に寄り添う。

モフモフの髪の毛が自分の胸元で揺れているのを見ると、また胸が熱くなる。視線を逸らした先にある小さな身体が目に入って、思わず胴震いした。

（おかしい。何を俺は変な気分になっている？）

それを誤魔化すようにくだらない悩みを打ち明けてしまった。

聞く人にとっては嫌味に受け取られるようなことだ。彼の雰囲気のせいか、すっかり口が軽くなっている。

「羊さんは、話しやすいですね」

「目元を隠しているからかもしれないですね」

「……」

それだけじゃない。

ただ、今は考えるより——彼に触れたい。

横になっているだけなのに、どんどんその欲求が強くなっていく。

「どうぞ」

その言葉に甘えて、彼の髪の毛に触れる。

いい。

すごくいいな。

彼の頭に顔を近づけると、洗髪剤とは違う彼の匂いがする。それがとてもいい香りで、堪らない気持ちになる。

添い寝などと思っていたけれど、これは頼んでみてよかった。

柔らかく彼の頭に触れながら、目を閉じた。ぬくくて心地がよく、胸のうちが満ちていく。穏やかだけど、他の誰にも持ったことがない感情だった。

意識がふわふわの綿毛に落ちていくようで、そのまま、朝までぐっすり眠った。


ふわっと気持ちがいい目覚め。ホテルの天井を見て、すぐに周囲をぐるりと見る。

——どうしていないのだろう。

一瞬、寝ぼけた頭で思ったけれど、彼は仕事なのだからいなくて当然だ。

手にあの気持ちよさが残っていた。

頭が冴えていくと、益々彼に会いたくなる。

また添い寝サービスを依頼しよう。

月一、いや週一くらいで添い寝を頼もう。自宅ならば経費も抑えられる。今度は九十分ではなく三時間ほどに時間を伸ばして、髪の毛に触れながら会話を楽しむのもいい。次に彼に会うことを考えると柄にもなく心がはしゃぐ。

――――なのに、既に彼は店を辞めていた。

◇

あの日から、いつも視線の先で白いもふもふを探してしまう。

通勤途中の駅や交差点、あの日泊まったホテルの周辺、白い髪の毛とすれ違う度、振り向いて、彼ではないかと淡い期待をする。

それはどれも別人で、もう会えないと思うと、胃がきゅっと締め付けられるような気持ち悪さを覚える。

どうしても、忘れられないのは彼が特別なのか。

それが知りたくて、もう一度だけ添い寝サービスを頼んでみた。店側は羊獣人のキャストを手配してくれた。だが〝羊さん〟のように興味が湧くことも触れたいと思うこともなく、時間になる前に帰ってもらった。

◇

「大変申し訳ありませんでした」

　共に作業している新人がデータを消してしまった。普段なら確認をするのに寝不足で注意散漫だった。

　バックアップも取っておらず、消したデータ分を取り戻すのに、約束の期限を数日遅らせてしまった。

「犬飼くん、君がきちんと仕事してくれているのは知っているから」

「いえ、以後気をつけます」

　謝罪の席を設けて酒を注ぐと、同じように注ぎ返される。

　本当はそれほど得意ではない酒の場。強い日本酒で酔いが回りながらも話題性のある経済活動やニュースでその場を乗り切った。だが、それは取引先の相手と別れるまでのこと。

「犬飼さん、お顔が真っ赤です。大丈夫ですか？」

　上司から女性がいた方が雰囲気が柔らかくなるからと、強引に女性社員を同行させられていた。寝不足の上に酒が回り、女性の顔が二重に見えて気持ちが悪い。

「とりあえず、ここで解散しましょう。……お疲れ様です」

「危ないですよ。送っていきます」

「結構です」

　危ないのはどちらだと、気分の悪さから心の内で毒を吐く。

腕に巻きついてくる彼女の両手を振りほどいて、背を向けた。

かなり酔っている自覚があるけれど、帰れない程じゃない。獣人の性質か、昔から自分には帰巣本能がある。それに、少し歩けばタクシー乗り場があることも知っている。そこまで行けばあとは乗るだけ。

眠い。

千鳥足でタクシー乗り場のベンチに座ると、瞼が一気に重くなる。少し休憩のつもりで瞼を閉じると、誰かが自分を呼ぶ声がした。ハイヒールの音がずっと後ろで聞こえていたから彼女か。でも、この声は違う気がする。

……かいさん
犬……さん、犬飼さん
「――――大丈夫ですか⁉」

「……」

目の前にあの真っ白なもふもふがいた。

小さな鼻、白い肌、ピンクの小さい口……。

自分を心配して声をかけてくれる。その優しい声が心地よくてずっと聞いていたくて、彼のコートを引っ張った。

羊さんだ……。

声も姿も間違いない。ずっと会いたくて探していた人だ。

うっとり彼を見つめていると、誰かが自分を引っ張るから羊さんが離れてしまう。それは嫌だと抱きしめた。

ぬくい。

冷え切った心が溶けるのを感じて、彼の頭に何度も頬擦りして、好きだと思った。

好き？　……そうだ、俺は羊さんが好きだ。あの日、話を聞いてもらえて嬉しかった。朝までぐっすり眠れたのは久しぶりだった。

スン。

匂いを覚えるために彼の頭に顔を埋めて何度も嗅いで、自分の匂いもつけばいいとしっかりと抱きしめる。

温かな身体を撫でると、指先に尖った感触がする。無意識にその感触のよいところに触れてみた。

「ん……ぁ」

彼の口から可愛い声があがった。

口を押さえながら、ビクビクと自分の中で震えている。

もう一度触れてみると、また甘くて美味しそうな声が聞こえる。

それを聞いていると、身体がじわ……と熱を持ち出す。

「ん……ん」

可愛い。

可愛い羊さん。

もっと腕の中で違う表情を見せてほしい。温かいところを触らせてほしい。

離れないようにもっと強く抱きしめて――……。


ホテルの簡素な部屋の天井を見ながら目が覚めた。

誰かを腕に抱いたはずなのに誰もいなかった。

おかしい……と誰もいないシーツを見つめる。

二日酔いの頭は思い出そうとすると痛みが走る。

ベッドから起き上がり、ホテルの窓から外を見た。昨日乗ろうと思っていたタクシー乗り場があった。

あの場所から誰かがここに運んでくれた。

会社の女性ではないことはすぐに分かる……では誰が？

下を向いた時、ソファ下に柿色のマフラーが落ちていた。それを手に取ってみると、柔らかい手触りと……。

甘い匂い。

それは先日覚えたいい匂いだった。

◇

記憶はなくても、このいい匂いは彼で間違いない。これに関しては絶対的な自信があった。

〝羊さんのマフラー〟は綺麗な編み目で、糸の太さも色もバラバラだ。一点ものだと思った自分は、行きつけの洋服店で似たようなものを売っている店はないか聞いてみた。すると、ある羊毛手芸店の名が浮上する。

店主は羊獣人だと聞いて少し緊張し、その店がある商店街へ向かった。

赤い屋根のレトロな店。少し重いドアを開けると鈴の音が鳴る。そこにいたのは、真っ白な髪の毛をふんわりと結いあげたおばあさん。

羊さんではなかったとがっかりしたが、その店の鮮やかな色彩に感心する。棚に置かれた羊毛糸の色バランスが絶妙だから目を引くのだと思った。

それから、店奥にあるアンティークの糸紡ぎ機やミシンは雰囲気にとても合っていて、なるほど店のファンが多いのも頷けると思った。

編み物はしたことがないが興味を引くものが多く、店内を見渡していると……微かに彼の匂いを感じた。

犬獣人は匂いの嗅ぎ分けがとても得意だ。さらに自分が好きな匂いは忘れない。確信めいて、その店に通った。

そして、いつも奥で作業している彼ととうとう出会えた。

はじめは、見つめるだけでいいと思った。彼は男で、俺も男。

けれど、雪が積もった日のこと。

手芸店の客は俺だけ。店主の佳代に誘われて、ストーブの前で一緒に編み物をしていた。すると、羊太が珈琲をサービスしてくれる。

柔らかい空間に居心地のよさなんかを感じていると、背後からふわっと彼が――……一瞬、抱きついてきたのだと思った。

「っ！」

高揚して、全身鳥肌が立った。実際は、羊太はかけ間違えた編み目に気づいて直してくれただけ。たったそれだけのことを嬉しく思った。どうにも胸の高まりが止みそうにない。苦しいくらいだ。雪のように自分の中でも彼への想いが積もっていき、見つめるだけじゃ足りなくなっていることに気がついてしまった。

俺は羊太の恋人になりたいと――……だからデートに誘った。

結果は最悪。

もう二人では会うこともないのだと思うと、頭が真っ白になりその場から動けない。

だが、羊太は戻ってきた。

振る相手には欠片《かけら》の一つも望みを与えるべきじゃない。

俺はその優しさに縋りつき――そこからは傲慢で自分勝手に都合よく物事を押し進めた。

羊太と自分は身体の相性がいい。獣人には特別好みの性質を持った個体が存在する。

ラッキーなことに羊太にとって自分は発情を促せるほどの相性だった。

俺は、さらにドブンと大きな沼にハマってしまった。一度食べてしまった羊の味がどうにも忘れられないのだ。

だけど——……もう、あんな風に強引にするのはよそう。

同時に後悔もしていた。押してなし崩し的に進める方法はすぐに飢えて虚《むな》しくなる。そうじゃない、自分が欲しいのは身体だけじゃなく、あの柔らかい羊太の笑顔。

——どうすれば、羊太との距離を縮められるのか。恋愛対象として見てもらえるのか。

そう悩んでいた矢先に転勤の決定。

迷惑がられていることは分かっていて、自分の状況を上手く伝える自信がない。

毎日保存フォルダには羊太に送りたいメッセージが溜まっていく。

過去自分に迫ってきた女性と自分は同じじゃないか。羊太も俺のことをそう感じているのだろう。

片想いの辛さがさらに編み物を夢中にさせた。梅雨も夏も秋も募る想いと同じくらい編み物が積み上がっていく。


転勤の期間を終えて、朝一の新幹線でこちらに戻ってきた。

真っ先に羊太に会いたくてスーツケース片手に手芸店に寄ったが、彼はいなかった。一目でいいから見たかったと残念に思いながら自宅に戻る。

ぼふっと片付けも半ばにソファに座り込んだ。やる気が起きなくても、つい癖で羊毛糸に手を伸ばして編み物を始めてしまう。

チク、タク、チク……。

静かな空間に時計の秒針の音だけが響く。昼過ぎに戻ったのに、気がつけば夕方になっていた。

冷蔵庫は開けなくても何もないことは分かっていたので、コンビニに向かった。適当にパンとハム、つまみとビールを買う。

ビニール袋片手に帰ってくると、マンションのエントランスに真っ白な髪の毛をした後ろ姿が見えた。

まさか、と思いながらもそんな髪をした人は一人しか知らず、ごくりと喉が鳴る。

「羊太さん？」

声をかけ、振り向いた羊太を見て嬉しさが込み上げてくる。

忘れた携帯を彼は届けにきてくれたのだ。

強引にはしないでおこうと思うのに、上手くいかない。帰ってほしくなかった。強引に部屋前に連れてきたところで、編み物を出しっぱなしにしていたことに気づく。

「片付けますので、待っていてください」

とにかく気持ちが急いでいて、乱雑に収納棚に編み物を詰め込んだ。

彼を部屋に招くと、詰め込んだ編み物はすぐに溢れた。それは、我慢できずに溢れ出した自分の気持ちのようだった。

彼に全部見られたような気がして、呆《あき》れるくらい必死に想いを伝えた。

◇

「ん……」

腕の中にいる羊太が身じろいだ。

温井羊太。羊獣人。元ぬくぬくの添い寝スタッフで、羊毛手芸店で働いている。年は一つ上。

それから、昨日付き合い始めたばかりの恋人。

「……羊太さん」

横で眠っている羊太を呼んでも、返事がない。

彼の身体には自分がつけた痕《あと》が赤く残っている。沢山ついて可哀想なのに、嬉しいような未知の気持ちが胸に広がる。

「好きです、羊太さん」

ふわふわの髪の毛を手で梳《す》きながら、そう言うと、突然彼の目が開いた。

「なっ、ふぇ、っあ。何？　あ？　……あ、そうだった……」

俺の顔を見て驚いて、視線を下げ、互いに素っ裸なのを見て、状況が分かったかのように照れた。

「寝顔見ないでよ……恥ずかしい」

彼は頬を赤く染めて口元を震わせる。その照れた表情に愛しさが込み上げてくる。

昨日、気持ちを受け入れられたことを実感し、もふもふの頭に頬擦りする。

「犬飼さん……」

くすぐったいのか、密着しているその身体が離れようとするので、しっかりと引き寄せる。その力が自分が思っているより強くて……ハッとする。

俺はまた。この人を見るとどうも捕まえたくなる。

腕の中で固まる羊太をそっと離すと、彼はふぅと息を吐いた。

「……そろそろ起き上がるべきでしょうか？」

俺は転勤、羊太は出張から帰ったばかり。

互いに連休なので、一日ゆっくりしていられるのだが、このまま裸の彼の傍にいれば間違いなくまた手を出すだろう。

「え、二度寝したら正午過ぎているじゃん⁉」

時計の時刻を見て、彼は寝すぎたと身体を横向きに変えて起き上がろうとする。

だが、プルプルしたまま固まって、ゆっくりうつ伏せになった。

「………先にどうぞ。俺はもう少しここで横になっているから」

「もしかして起き上がれませんか？」

コクリと小さく頷く彼の腰を擦《さす》る。

背中にもびっしりキスマークがついており、我ながら呆れる。

「無理をさせましたね」

「いい、別に。こっちも、気持ちよかったし……」

「……」

羊太の気持ちよさそうな表情を思い出し、ムクリムクリと欲望が膨れるが、今はケアが先だ。

それから水を持ってきたり、温めたタオルを腰に置いたり、着替えを用意して着せたり。

こんな甲斐甲斐《かいがい》しい自分がいることにも不思議な気分になる。

「まめだね」

「そうですか」

ようやく彼が起き上がれるようになったのは、それから一時間後だ。

リビングのソファに座る彼は俺の白いスウェットパンツを穿き、その紐《ひも》をきゅっと絞っている。

ダボダボ具合が堪らなく唆《そそ》り、ゴクリと喉が鳴った。

今日一日、彼がどんな服を着ていてもすぐに欲情してしまいそうで、少し目を伏せる。

「お腹減りましたよね。食パンくらいしかないのですが、とりあえず用意します」

ソファで待っているように声をかけて、自分はキッチンで佳代さんにいただいた珈琲豆を焙煎《ばいせん》してから珈琲を淹れる。昨日、コンビニでビールの他、食パンとハムだけ購入しておいたのでサンドウィッチを作った。

「熱いので気をつけて」

羊太に珈琲が入ったマグカップを手渡す。彼は両手で持って「いい匂いだね」と香りを嗅いだ。

その珈琲はコクが豊かで後味スッキリしていた。

「あ、そう言えばお土産にもらったアップルパイ、美味しかったよ。あと、色々色々……と。今更ながら態度が悪くてごめんなさい」

「そうさせることをした自覚はあるので」

「ううん、謝らせてほしい！」

もふっとその髪が大きく揺れる。

セットする前は髪の毛の量が倍膨らんでいるのか。

初めて会った添い寝サービスの時を思い出す。今となっては彼があの仕事をすぐに辞めてくれてよかった。そうでなければ、犬に変化した自分が客の首に噛みついて……いや、物騒な考えだ。

彼の頭ばかり見つめていたからか、彼は自分の髪の毛をもふもふと軽く摑んだ。

「初めて会った……添い寝バイトのことだけど、ホントは俺の従兄弟がバイトしていて、代行頼まれただけなんだ」

「え？」

「すごいイケメンのお客さんでラッキーだなって思っていたよ」

たった一度。

自分こそラッキーで、運がよかった。

「こういうことしちゃった朝って照れるね」

「……」

はにかんだ笑顔が可愛くて、――……やっぱり、触りたい。

長い間、俺はこの人を頭の中でしか抱けなかった。その妄想でも嫌がられていたから、こんな風に微笑《ほほえ》まれると気持ちがブクブクと沸騰する。

昨日のように抱いて抱きつかれたい。くねる身体も吐息も、色っぽい表情も……全部、また食べたい。

思い出すと、再び身体に熱が籠る。

いや、さっきまで羊太は腰が痛いと嘆いていた。

……なら、無理をしないよう、大事にゆっくりなら、抱いてもいいだろうか。

見つめていると、彼が頬を掻いた。

「犬飼さんさ、見つめすぎって言われない？」

「いえ、あまり見たい対象がいないので」

「それはどうなの……」ともごもご呟きながら彼は立ち上がり、食べ終わった食器を流しへ運んだ。

「あとで自分がします」

そのまま片付けようとする手を止めて、囲うように抱きしめた。

「………あのさ、真顔で変なところ触らないで」

「変なところは見当たりません」

「いやいや!?　何言っているの!?　尻揉んでいるでしょうが！」

変なところではなくいいところなら触っている。彼は下着をつけておらず、そこを撫でると形も柔らかさもしっかり伝わる。

それに、どうすれば彼が反応するかもう分かっている。彼は耳が弱く、甘嚙みしながら触れば抵抗の動きを止めるのだ。

「っ、ん……」

体温が上がり、彼の匂いがより伝わってくるのをスンと嗅いだ。耳からゆっくりと唇を下げて首筋を舐める。

「うぅ……犬飼さんって紳士だけど、っ、は、ぁ……性欲強すぎ……」

自分でもこんなに性欲が強いなんて知らなかった。寧《むし》ろ淡白だと思っていたのに、羊太にだけは、こんなに興奮する。

尻の膨らみを揉みながら、腰をグッと引き寄せて自分の興奮をスウェット越しに伝えた。彼は「なんでそんなことに？」と目を見開いて腰を引こうとする。

「え、マジでするの？　昨日あんなにしたのに」

「――どうしてもと言うなら、善処します」

好物を目の前に涎《よだれ》が垂れている犬……な自分を想像しながら手を離す。

しかし、羊太だって感じやすいから少し反応しているではないか。

多少余裕を見せたいと思いつつ、未練がましく彼を見る。彼は困ったように髪の毛で目元を隠し、だって、と小さく呟いた。

「……飽きられたら困るし。犬飼さん、ノンケで女の人としか付き合ったことがないんだろ。明るいところでしたくない」

可愛いモノが可愛いことを言っている。

「……失礼」

「うわっ!?」

可愛いからひょいと肩に担いだ。

バタバタと彼の足が暴れるので骨盤あたりを噛むと「ぎゃっ」と固まった。

持ち運びやすくなったところで、寝室に移動する。

ベッドに下ろして彼の身体に覆い被さり、Tシャツを剝ぎ取った。

露《あら》わになった上半身に思わず舌なめずりする。明るいところで見た方が色の白さも身体の線もよく分かる。

「え、犬飼さん……っ、善処するって、え……、へ……?」

「飽きません」

「ちょっ……胸、舐めながら、しゃべ……っ、っ……ぁ……うぁ」

口下手な俺は言葉で上手く説明できる自信がなかったため、情熱をぶつけることにした。

小ぶりの胸の尖りを味わいながら、ズボンの上から性器を手で揉む。

すぐに芯を持ち始める身体の反応が可愛らしく愛おしい。ツンと尖った乳首に軽く歯を立てると、気持ちよさを堪えようとした彼に頭をぎゅっと抱きしめられた。

「ん……、ん、ん……っ」

可愛い反応に、ことさら丁寧にそこを舌先で舐めると、ブルブル震え始める。

「も、……そこば、かり、弄らない、で……」

潤った目で訴えられると、益々弄りたいような気持ちになる。

「……分かりました」

欲に耐えながら、そこから顔を離し頬にキスを落とす。

感じやすい胸はあとでたっぷり触らせてもらうとして、彼の下半身に目を向ける。

ゆっくりスウェットパンツを脱がすと、つぅっと先走りの糸が引いた。

「あ、ごめん……、犬飼さんのスウェットパンツ、汚しちゃった」

「かまわないです」

これを穿《は》く度、今の彼を思い出すだろうなとは言わなかった。

隠そうとする彼の手を退《ど》かせて白いモコモコとした陰毛を撫でる。こんなところまで可愛いなんて。

「あまり見ないで」

「何故ですか？」

俺がノンケであることが、そんなに気になるのだろうか。

しかし、迫られたり、脅されたりして半強制的に恋人になるケースが多く、身体の機能的には反応しても彼女達に興奮できなかった。一度だって自分から求めたことはない。

羊太が好きだと気づいてから、本当に自分がノンケであったかどうか怪しい。彼が近くにいるだけで発情するというのに。

「その……下の毛がモフモフで、笑われたことあるし」

「俺は笑いません。とても素敵ですし、興奮します」

「す、素敵？　興奮って……」

恥ずかしそうにする仕草はあまり俺に見せない方がいい。可愛すぎて全部飲み込んでしまいたくなる。

まだ味わっていない箇所があったと、顔を下半身に移動して、勃ち上がる性器をゆっくりと咥えた。ビクンと逃げてしまう彼の腰をしっかりと摑みそれを根元まで咥え込む。

「犬飼さん!? ひゃ、そんなこと、しない、んん」

しないでいいと首を振る彼を無視して、陰茎に舌を這《は》わせてしゃぶる。

口の中で跳ねている彼の性器を甘く扱いて、少しだけそこから口を離した。

彼の体液が混じった唾液を手に出して彼の後孔に擦りつける。内部に指を軽く挿《い》れながら、口淫を再開する。

温かい彼の中をなぞると膨らみに触れる。彼の反応がよくなる場所だ。

指で撫でてトントンとノックする。内股が震え始め、彼が腰をくねらせて快楽を逃すようにシーツを摑む。

「はぁはぁ……はぁ、んん、ぁう」

「……」

目線を上げてその彼を眺める。目が合ったものの視線がふよふよと彷徨い、ぎゅっと瞼を閉じられた。

その様子がまだ彼と距離がある気がして、それが嫌でもっと感じてほしくなる。強く吸引するとどろりとしたモノが口の中に広がった。

涙目で慌てながら「出して」と言ってくるが、そのまま飲み込む。

はぁはぁと上下に動く胸を見つめていると、彼が顔を両手で隠しながら言った。

「う〜、犬飼さんはそういうのしないでいいってば。無理しないで」

「したいからしたんです。変な気遣いばかりしていないで、こちらに集中してください」

「ひゃっ」

性器の先端を後孔に宛がう。滑りが足りないかと、手元にある保湿剤をそこに塗り込んだ。

その滑りを借りて腰を進めると、くぷぅっと彼の素直な後孔は性器を飲み込んでいく。

「……あっあ、っ、あっ」

「っ」

彼の身体は俺より一回り小さい。白くて細くて柔らかい。

苦しくないよう、彼の強張りが解けるまで身体を撫でる。彼の中は時折締め付けてきて、気持ちがよくて堪らない。

「大丈夫ですか？」

「うん……」

彼の表情に苦痛はなく、ホッと安堵する。

キスをしながら、乳首を指の腹で撫でて柔らかく摘む。再び、彼の性器が反応し始めて、腹でピクピクと揺れている。

それを見ながら、ゆっくりと腰を進めた。

「んんっ。ん、ん、…………ぁ」

「ここですか」

「ぁあ……んぁっ」

シーツを掴む彼の手を自分の肩に回しながら、前立腺に当たるようにトントンと突く。細い腰を掴んで集中的に責めると内部がキュウッと締め付けてくる。

「あ、……っ、そこばっかり、擦ら、ないで、ジンジンして……あ、あ……また……イッちゃう、かっ」

「……っ、俺もです」

羞恥心と快感で赤く染まった彼の頬に軽くキスして、唇には深く舌を絡ませた。

羊太はイくと言いながら射精しなかった。昨日沢山出したからかもしれない。

その代わり彼の内部が強く収縮して、その気持ちよさに自分も果てた。


グゥ〜……と腹の音。

「流石に腹が減ったよ」

「すみません、本当に申し訳ない」

釣った魚に餌をあげない男。言葉の意味が違うが、昨日ここに招いてからサンドウィッチしか食べさせていない。

羊太の痩せた腹部がさらにペタンと薄くなっている気がする。

付き合えた喜びで離れがたくても、恋人に満足に食事をさせないなんて。デリバリーサービスだってあるのにこの対応は酷い。

もし、別れたいと思われたら……ゾッとする。

「まぁ、いいよ。食べにいこう」

「ええ！　動けますか？　奢ります」

「え〜、犬飼さんって貢ぎ癖あるんじゃない？　ばあちゃんにもそうだし。ほどほどにした方がいいよ」

手土産のことを言っているのか。手土産を渡すことが一つの話題になれば、あとは会いに行く口実に渡していたのだが……。

「迷惑……」

「じゃ、今日は奢ってもらおうかな。その次は俺が安いラーメン奢るから」

彼はコートを着ながら、モフンッと白い髪の毛を揺らして振り返った。

やはり、彼の話し方や気遣いが好きだ。

佳代さんや客と接している時、以前レストランで話した時も、ずっと羊太を見ていたいと思った。

彼は自然体で柔らかい話し方をする人だから。

「羊太さんと恋人になれて嬉しい」

想いをそのまま伝えると、彼は不思議な表情をした。――――呆れ顔？

「……いやぁ、やっぱりモテ男だね。その顔で甘い言葉吐かれたら皆悩殺されちゃうな」

「……」

また気になる言い方だ。自分はまだ信用されていないような気がする。

社交的に話は出来ても、いざこういう時になると上手く言葉が出てこない。うわっ面だけの人間関係が多かったから。

困った反応をしたからか、彼はすぐ謝ってきて、話題を変えるように外に出ようかと腕を引っ張った。


外はもう日が暮れて暗いが、街灯や店の灯《あか》りで夜道は明るい。

「この辺りはお洒落なカフェが沢山あるね。オススメある？」

マンションを出て、すぐの路地はカフェやパン屋が多く並んでいる。

一人で食べるならスーパーや弁当屋の惣菜《そうざい》の方が楽で、付近では外食しない。

正直にそう言うと、何故か彼の顔が綻んだ。

「こんなにお洒落な店が多いのに行ったことがないんだ。全く？　誰とも？」

「？　ええ、三年もこの街に住むのに、紹介できず申し訳ないです」

「謝らないで。意外に思っただけだから。……あ、看板にグラタンって書いてある！　俺、グラタン好きなんだよね」

グラタンが好き。脳にしっかりメモしながら、その店に入った。俺のマンションから徒歩五分。最寄り駅からも徒歩五分。花屋の前。

パンとサラダとグラタンのセットを共に注文した。

彼はエビで、自分はチキンで。

熱い、けどクリーミーだ、とか感想を言い合いながらグラタンを頬張る。

どうしてか先程から彼の笑顔が多くなった。可愛いと口に出したらまた嫌がられるだろうか。

その瞳が笑うと弧を描く。

それを見ているとあっという間にグラタンが空になっていた。

互いに食べ終えて、レジに向かうと、店の女性から個人の名刺を渡されそうになる。勿論受け取らず「恋人がいますので」と断った。

「ご馳走様、美味しかったよ」

「そうですね」

腹ごなしに近辺を歩きたいと言う彼に賛成して、道なりに歩いた。

手を繋ぎたい気持ちを誤魔化しながら、もし嫌がられないなら……なんて彼を見た。

「あれ？　……羊太さん、顔が赤いですよ。体調悪いですか？」

「さっきの……あー……ううん。そのさ、犬飼さんって部屋に人をよく招いたりする？」

「いえ。見れば分かると思いますが、何もない部屋ですし人は呼びません」

質問の意図が分からないが、自分のことに興味を持ってもらえることは大歓迎だ。

「そうだよなぁ、あの部屋だと……ん、俺はダメダメだなぁ」

反省と言いながら、モフンとした彼の頭が自分の腕に引っ付いた。苦笑いしているがどことなく機嫌はいい。

先程から笑顔が多くて、浮かれてしまう。

「あ、この店、美味しそうだね。次来ようか」

「ええ、奢ります」

「次は俺の番だって」

今度はあの店に寄ろう、この店もいいなと計画を立てる。

ベーグル、イタリアン、ワッフル、純喫茶、日常的にいつも歩く道なのに、彼が隣にいるだけで違った道に思えて、とても楽しい。

犬飼さんは羊さんでぬくもりたい　第二章

一.

犬飼《いぬかい》と恋人同士になり分かったことがある。

まず、連絡がまめ。電話もくれるけれど、メールも多い。

お土産好き。どこかへ出張した時は必ず手芸店に届けてくれる。

祖母の佳代《かよ》と仲がよく、時折手芸店の教室で編み物をしている姿を見かける。

そして、涼しげな顔をして情熱的だ。


横で眠る犬姿の犬飼を見ながら、ベッドから起き上がった。重だるい腰を擦《さす》りながら洗面所へ向かう。

鏡が映すのは、歯形とキスマークだらけの上半身。その赤い痣《あざ》を見ていると、昨夜のことを鮮明に思い浮かべてしまう。

犬飼に誘われて彼の部屋に泊まった。

泊まりは三度目。セックスは四度目。

毎回ガッチガチに緊張するけれど、器用な彼のリードに身を任せれば緊張なんてすぐに吹き飛んでしまう。

キス、甘い囁《ささや》き。熱い吐息……、身体が熱くて溶けそうで必死に彼の身体にしがみついた。

何度となく俺の中をいっぱいにされ、気持ちよさの絶頂の中、背中や肩に痕《あと》をつけられる。

「痛いのとか無理だけどさ」

痛いのは嫌いだけど、犬飼に噛《か》まれるのは痛気持ちよくてちょっと癖になる。

――――変な性癖植えられたかも。

赤い痕を見ただけでムラッとする気持ちになり、顔を洗って誤魔化した。


ふんふーん。

鼻歌交じりで朝食の準備をしようとキッチンに立つと、新しいマグカップを見つける。可愛《かわい》い羊柄。

柄物が一切ない彼の部屋でここだけファンシー。

間違いなく俺用で、あの犬飼がこんな可愛いマグカップを買ったのかと想像すると、ちょっと笑える。

あとで買った時のことを教えてもらおうと思っていると、ケトルの湯がふつふつと沸騰し始める。

コポポ……と珈琲《コーヒー》に湯を注ぐと、白い湯気といい香りが立ちのぼる。

その匂いに誘われるように人姿の犬飼が起きてきた。髪の毛はボサボサでぼんやりとしている。

「おはよう」

彼は、キッチンに立っている俺の真後ろに来て、スリッと俺の頭に頬擦《ほおず》りした。

俺の髪の毛がお気に入りの彼は、泊まった翌朝は毎回こうして髪の毛に顔を埋《うず》める。

未だに、スンスン匂いを嗅がれまくるのは恥ずかしい。

けれど、添い寝バイトという出会いのせいで、髪の毛に顔を埋めるな、匂いを嗅ぐなとは今更感があって言えない。

……夜と違って朝は明るいから緊張するんだよな。

固まっていると、彼が耳を甘く噛んだ。

「ひゃっ」

俺の腹に回された手は、シャツを捲《まく》り腹を撫《な》で、胸元に移動する。胸の尖《とが》りを指の腹で柔らかく摘《つま》まれてしまう。

「へ……？」

犬飼はまだ寝ぼけているのか？

「……ん、んん、犬飼、さ……、朝だよ？　起きて、ん」

昨日の今日で、胸の感覚が敏感になって、少し撫でられただけで吐息が漏れてしまう。

このまま厭《いや》らしくそこを触られ続けたら――下半身が反応してしまう。

胸を弄《いじ》る彼の手を服の上から押さえて、慌てて振り向いた。

「ふっ!?」

すぐにくっつく唇。温かくて弾力があるそれで下唇を挟まれる。昨日飽きるほどくっついていたのに、その感触が嬉《うれ》しくて、身体にふわりと熱が灯《とも》る感じがした。

「ん……」

唇を軽く舌で突かれて誘われるように口を開けると、ゆっくりと舌が口腔《こうこう》内に入ってきた。強引さ

のない舌の動きは心地よく、自分の喉の奥から甘えるようなくぐもった声が漏れる。

モーニングキスにしては甘くて、これ以上キスが続いたらしたくなりそうで、首を横に振って彼を見た。

そこには、したり顔の犬飼。もうしっかり覚醒した目。

「……むぅ。犬飼さん、俺の反応見て楽しんでいるでしょ？」

「光正《みつまさ》」

「……え……と」

セックスだってしているのに、まだ名前を呼ぶことが恥ずかしく感じる。

タイミングよく、トースターがチンと音を鳴らしたので、彼から離れて二人分の朝食をテーブルの上に用意した。

お礼を言って席に座る犬飼は不機嫌な様子はなく、ホッと安堵《あんど》しながらマグカップに口をつける。

目の前で犬飼が食パンにジャムを塗っている。

長い指、骨ばった太い手首、腕の筋。そんな部分まで格好いいから食パンにジャムを塗るだけで様になる。

昨日、この手が俺に触れて器用に動いて……。

「珈琲、旨《うま》いです。羊太《ようた》さん、今日の予定は？」

「――あっ、ごめん。……上《うわ》の空だった」

「これから予定はありますか？」

なければどこかに行かないか、と誘われる。

どこか……、犬飼からのメールは画像付きが多く、それを見て彼と一緒に行きたい候補なんかを自分の頭の中で作っているから、誘いに乗りたいのだが……。

「――ごめん。今日はこのあと、予定があるんだ」

「そう、残念です。じゃあ次の休みはどうですか？」

すかさず、予定を聞いてくるところ、ちょっと嬉しい。

「ごめん。……それも無理なんだ。暫《しばら》くまとまった時間が取れない」

「え？」

「デザイナーの友人が個展を開くんだけど、手伝いを頼まれているんだよ」

立ち上がり、自分の鞄《かばん》を持ってきた。そこから個展のＤＭハガキを取り出し、彼に手渡す。

デザイナーの友人とは大学からの付き合いで、店の羊毛糸を使いたいと連絡があった。実際店に来た友人は、陳列された商品を見て個展のイメージを膨らませていた。素材の話をしているうちに、手伝ってほしいと頼まれたのだ。

今回の個展は、駅直結の百貨店にあるギャラリースペースで開催される。新作発表を兼ねており、どうしても成功したいと言う彼の熱意に負けて、店の営業時間外は手伝いをする予定だ。

「その作業というのは、こちらの会場で？」

「ううん。友達……松田《まつだ》って奴《やつ》なんだけど、その人のアトリエで作業するんだ。あ、ちなみに二人っきりじゃないからね。作業中に無駄話すると怒るような奴だし……って話がズレたね」

付き合い始めなのに会う時間を確保できない罪悪感で、つい聞かれてもいないことをベラベラ話してしまった。

変に焦ってしまって、犬飼に不信に思われていないだろうか。

「分かりました。期間まで二か月、大変だと思いますが、無理はしないでください」

「あ、うん……ありがとう」

気を使うように微《かす》かに微笑《ほほえ》んでくれる。

——大人だ。彼は俺より一歳年下だけど精神的余裕がある。

逆の立場で、突然、犬飼に二か月会えないなんて言われたら、多かれ少なかれ拗《す》ねるけど。

俺は大層心が狭いなと思っていると、彼が「でも」と付け加えた。

「食事くらいは誘ってもいいですか？　珈琲一杯でも」

珈琲一杯。互いの顔を見るくらいの時間。——それだけでもいいの？

「うん……うん、勿論《もちろん》だよ！　そうだ、松田のアトリエここから近いんだ」

「そうですか。では、誘いますので。食事に行きましょう」

「うん」

全然気にしていない様子で、短時間でもと言ってくれるのが嬉しい。

付き合う前はせっかちなイメージさえあったくらいだけど、恋人の犬飼は包容力がすさまじい。

優しくて包容力があるなんて、犬飼は理想の彼氏度が高すぎる。

二

十七時。店を祖母に任せて、最寄り駅から四駅電車に揺られる。下車駅の構内は複数の路線が乗り入れており、人で混雑している。普通に歩いているだけで肩がぶつかり、足早に駅から出て、松田のアトリエがあるマンションへと向かった。

インターフォンを鳴らしてアトリエに入れば、数体のマネキン人形、ミシン、様々な素材の生地に、毛糸、糸……。そこで作業していたのは、松田とスタッフの岡部《おかべ》だ。

作業に追われて必死なので、基本的にここは戦場だ。「お邪魔します」と部屋に入っても返事がない。そんなことには慣れっこで、松田が作った編み図を読む。それから羊毛糸や糸の相談、出来上がりのシルエットを聞いたあとは、俺も口を慎んで黙々と作業をする。

作業を手伝うようになって一週間経《た》った頃、あまり話していなかったスタッフの岡部ともぼそぼそと会話するようになった。

岡部はタヌキの獣人だ。先端が黒くてもっさりとした尻尾がワイドパンツから出ていて、それから耳も丸めの三角。

「あの松田さんがスカウトするだけのことはありますね。仕上がりが美しいです」

あの松田とはどの松田か。

岡部によると、人手が欲しい時は臨時バイトを入れるそうだが、松田が怒ってすぐ辞めさせるのだとか。

俺もすぐに辞めると思われていて、話しかけられなかったようだ。

（そういうことか。さては松田の奴、俺のことを岡部さんに紹介していないな？）

大学時代の友人で、当時はショーなどのイベントでこき使われていたなどのエピソードを伝えると、彼はあぁなるほどと頷《うなず》いた。

「どうりで俺のイメージ通りに仕上げると思ったって？」

メジャーを首に巻いた松田が奥の部屋から生地を担いできて、作業台に置いた。

彼の動きがいつも静かなのは豹《ひょう》の獣人だからだ。金と黒のまだらな髪色、彼の目は角度によっては黄色に見えたり青色っぽいビー玉に見えたりする。

派手な見た目で不機嫌になると、それだけで迫力がある。

「羊太、店があるのに抜けてもらって悪いな」

にこやかな松田。俺には大抵こうだが、作業中の別人格も勿論知っている。

「悪いと思ってないだろ。……なんて。こちらこそ、沢山商品を購入してもらって嬉しいよ」

今回、個展に合わせて羊毛糸の他、素材も多く購入してもらった。うちの店のいい宣伝にもなることは松田のデザインを見て確信している。

「キリがいいから、次の作業はまた明日にしよう」

「うん」

ポケットから携帯を取り出して時刻を見ると、二十一時半。犬飼はもう夕食を済ませただろうか。

飲みにでも……いや、酒が弱そうなイメージだからカフェだな。

犬飼の予定が空いているといいなと思いながら、彼にメールを打つ。

「そうだ。羊太、飯食いにいく？」

松田に誘われた時、携帯画面にメール通知。

【どこかで待ち合わせしますか？】

（ふふ。秒で返事が来るとか）

「あ、ごめん、今日は無理」

薄い上着を羽織ってリュック背負って、アトリエをあとにした。

そこから犬飼の住むマンションまで一駅。歩いてでも充分行ける距離だ。

ブブ……と着信バイブに気づき、携帯を見る。店のホームページと画像が送られてくる。

近辺を通ることが多くなり、自然と店舗の外観なども見ていた俺は、その店がすぐに分かった。人二人分くらいの狭い路地の奥にあるレンガ調のお洒落《しゃれ》な外壁の店だ。

いつか行きたいと思っていた店を選んでくれるとは、俺の好みって分かりやすいのかも。

【あと、十分で着くよ】

自然と足取りは軽くなって早歩き。

十分もかからず着いてしまったけど、犬飼は既に路地前で俺を待ってくれていた。

俺を見ると彼はフッと息を吐くように微笑むものだから、照れくささでポリッと頬を掻《か》いた。

軽く挨拶を交わして、早速狭い路地を通り、店前に立つ。

レンガ調の壁に透明のガラス扉。トンネルの入り口のようでワクワクする。

奥行きがある店内には、ウィンクバックソファにヴィンテージ調のカウンター、ソケットランプの灯《あか》りは柔らかでお洒落な空間が広がっていた。

ソファ席は満席のため、俺達はカウンター席に案内される。

そこの手前には段差があり、紳士な彼は俺がこけないように手を添えてくれる。

こういう動作が嫌味なく出来る彼にドキリとしてしまって、思わず口を尖らせて変顔を作ってしまう。

何にしようかとメニューを眺めると、横文字のしゃれたものが多い。手っ取り早く分かりやすい味のナポリタンを注文すると、犬飼も同じものを頼んだ。

「羊太さんお疲れ様です。早かったですね。本当にアトリエが近いんだ」

「そっちもお疲れ様。あ、うん。ここから一駅。歩いても行ける距離だよ」

「へぇ、ならいつでもうちに泊まりにきてください」

「……」

丁度、店員が頼んだナポリタンを持ってきたので、赤面するのは免れた。早速ナポリタンをちゅるっと口の中に入れ「考えておく」ともごもご言う。

犬飼は少し口角を上げて、シャツを腕まくりした。それから大きな一口でナポリタンを頬張る。

犬飼は既に簡単な夕食を済ませたそうだが、ナポリタンはキレイに口の中に入っていく。

あぁ、でも、彼の言う、簡単な夕食とは出来あいのものだと思う。

彼のキッチンは使い込んでいる様子がない。綺麗《きれい》なフライパン、包丁やまな板、必要最小限に揃《そろ》えられた用具。

そんな彼のキッチンなので、きっと自炊はあまりしていないはずだ。せいぜい休日くらいだろう。作りに……いや、すぐに尽くしたくなる俺のこういうところ、ウザったい。直したい。

「羊太さん？　お疲れですか？」

眉間にシワを寄せていると、彼が覗《のぞ》き込んでくる。

「ううん。……あ、そうだ。今日はアトリエのスタッフに褒められたよ。作業中に怒っていない松田なんて珍しいらしくてさ。こっちは旧知の仲だから」

大学の時、学祭のファッションショーで松田のアシスタントをしてから、腕を見込まれ、こき使われるようになった。彼は当時から多方面で活躍しており、よく一緒に徹夜したなんて話をしたところで、ハッとする。

「分からない話ばっかりして、ごめん」

「どうして謝るのですか？」

「あー……、そういうの聞くの嫌なタイプもいるから」

俺はゲイだから、同性でも犬飼が誰かと一緒に徹夜して仲がよいなんて話を聞けば、疎外感を持つか嫉妬する。けど、犬飼は元々ノンケだから俺と同じではないのだろう。

「なんでも話してください」

「そっか。でも、この話はおしまいにしよう」

昔からモテると悩んでいた犬飼にとって、嫉妬はするものではなくされるものなんだ。

でも、俺の中でもこの話はおしまい。

「どんな話も聞いてくれるって、理想の彼氏度が高いよな」

「彼氏度？」

「ううん、なんでもない」

ナポリタンのあとに飲んだ珈琲は酸味が強くて、自分の好みではなかった。横で飲む犬飼も俺と同じで酸味少なくコク深めが好きだから、ちょっとそう思っているかもしれない。互いに言わなかったけど。

◇

店とアトリエの往復。

二か月と期間を決めているから出来るハードワークだけど、それなりに楽しく充実している。

スタッフの岡部とも打ち解けてきて、ある程度信頼されると担当する作業も多くなった。その分、効率も上がり、作業は順調。松田がにこにことご機嫌だ。

この進行状況なら休んでも平気だろうと、明日、明後日《あさって》とアトリエに来るのを休むと伝えた。

「羊太、淋《さび》しい」

「変なこと言うなよ」

「え〜」

ふざけ合う俺達のやり取りを見た岡部が、「松田さんキモチワル」とうげぇとした顔をする。岡部は松田に対して口が悪くなるけれど、チーム仲は割といい。

ととと……と彼等から離れて部屋の隅で犬飼にメールを打った。

◇

翌日。

(あれ？　この声)

店奥の掃除をしていたから、ドアの鈴の音が聞こえなかったが、祖母が誰かと話す声が聞こえる。ひょこっと奥から店内に顔を覗かせると、そこには私服姿の犬飼がいた。

祖母に差し入れを渡している――手土産魔人。

「もう、また気を使って！」

奥から急いで彼等がいるレジに向かうと、遠慮を知らない祖母はその手土産を受け取り、ルンルンしながら二階へと持って上がった。

「こんにちは羊太さん」

「こんにちは犬飼さん――ってそうじゃなくてさ」

ツッコミを入れようとした時、祖母が保冷バックを持って戻ってきた。

「犬ちゃん、いつもありがとうねぇ。よかったらどうぞ」

保冷バックの中にはお手製牛しぐれ煮と漬物が入っていると犬飼に渡す。

彼は営業用と私生活用のスマイルを使い分けていると俺は思っていて、牛しぐれ煮を持った犬飼の笑顔は後者だ。

牛しぐれ煮がそんなに嬉しいのか。それとも漬物の方か？

(でも……、礼に手料理か。いいな。『犬飼さんのために、作ったんだ♡』みたいな感じのうざったさがない、自然に喜ばれるやつ)

「羊太さん」

祖母の対人スキルを見習っていると、犬飼が俺の方を見て少し微笑む。

――アイコンタクト。

いつもより視線が甘く感じるのは、きっと気のせいじゃない。

今日、閉店後に彼と晩御飯を食べる約束をしている。あっさりしたそばはどうかと言い合っていた。

それから、まだ犬飼に言っていないけど、夕食後、そのまま泊まりたいと考えている。

最後にセックスしてから三週間も経っているから、そういうのも込みで。そう思うと、情事中の犬飼の逞《たくま》しい身体とか気持ちよさとかがふわっと脳裏に浮かんだ。

「あら、羊太、顔が赤いわよ？」

「なんでだろうねぇ、ははは……」

祖母の前で何考えているんだと、熱くなった顔を手でパタパタ扇《あお》いでいると、ポケットの中で着信バイブが鳴った。

「ん、電話だ。ちょっと出てくるね」

画面を見ると松田からで、二人に声をかけてから店奥で電話を取った。

『羊太か？　まずいことになった』

「まずいこと？」

『事情はアトリエで話す。今、聞きたいのは、作業時間を増やせるかどうかだ。給料は勿論支給する』

「……事情は分からないけど、お前が困っているなら調整はするよ」

彼の声は焦っていて、何か切羽詰まった状況が想像できた。

電話を一度切り、祖母と犬飼の元へ行くと、どうやら会話が聞こえていたようだ。

早めに行ってあげなさいという祖母の声に頷いた。

「犬飼さん、今日無理かもしれない。……またあとで連絡するね」

頷く彼を横目に、奥に戻って自分の作業をやり終え、アトリエに向かった。

三

「――――水漏れだ……」

アトリエの天井には大きなシミが出来、未だポト……ポト…と水が床に落ちている状況だ。上の階の水漏れが原因だった。昨日の夜中から松田も岡部もアトリエを離れていて、水漏れに気づいたのは、電話をくれた数分前らしい。

不運なことに、被害があったのは作品を保管していた部屋だった。

個展まであと一か月と少ししかない。予定していた当初より数を減らしての展示にすることもできるが、百貨店スペースの個展だ。それなりに見栄えがよくなければイメージダウンに繋《つな》がる。

「手伝うから。あと、俺以外にも手伝ってくれそうな人に声をかけてみるよ」

「悪い」

落ち込む松田の肩をポンと叩《たた》いた。

「落ち込むなって。人手があればどうにか出来るよ」

その日は水漏れの対応に追われ、気がつけば朝になっていた。

急いで携帯を見ると、犬飼から着信もメールも入っている。今の時刻は五時前、こんな時間だからとメールで事情を伝えることにした。

ブブ……。

（え？）

メールを送った後、すぐに犬飼から電話があった。早起きしたのか、眠れなかったのか。

『大丈夫ですか？』

「うん、……連絡するのが遅くなってごめんなさい」

『いえ』

廊下の隅で壁にもたれかかっていたから、電話していることに気づいていない松田が後ろから「羊太」と声をかけてきた。

「これ着替え。俺のベッドで横になれ——って電話か」

水漏れの対応で服が汚れたので着替えを頼んだのはこっちだけどタイミングが悪い。しっしっと手を振って去るようにジェスチャーする。

『——……もしかして、まだアトリエですか？』

「うん、気づいたら今になっていて」

『……そう、ですか』

掠《かす》れた声。やはり寝起きだろうか。メールで起こしたのかもしれない。

「本当にごめんね、また日中にかけ直すね」

早朝に長電話は疲れさせると思い、さっと通話を切った。

◇

その日からスタッフを増員して、泊まり込みの作業が続いた。

松田と岡部は個展作業だけでなく別の案件もあり同時進行。日に日に彼らの表情に精気がなくなっていく。アトリエの廊下で誰かが寝ているし、毎日酷《ひど》い状況だ。

俺も祖母に協力してもらい、早めに店を出てアトリエに向かっている。スタッフ達と仮眠を取り合って作業。始発で自宅に帰って開店するまで仮眠。

『羊太さん、寝起きですか？』

「あ、さっき仮眠とっていたから。変な声になってるかな？　それより電話くれて嬉しいよ」

本当のところ、〝さっき〟ではなく仮眠中に犬飼からの電話が鳴った。

誤魔化したのは、変に心配させる必要はないと思ったのだ。

気を使って連絡もらえないより、フラットな感じで連絡し合いたい。

それにしても、寝起きに犬飼の低くて落ち着いた声は、精神安定剤的な効果がある。耳に心地よくて癒される。

『二日前のことですが……』

「ん？」

犬飼は何か躊躇《ためら》うように少し間をあけた後、早朝に俺を見かけたと言った。

彼の住むマンションと松田のアトリエは距離が近いので見かけてもおかしくはない。

「そうなんだ。声をかけてくれたらよかったのに」

『羊太さんは長身の男と歩いていました』

「長身……あぁ、松田かな」

俺は一六二センチなので、同性と並べば大抵俺よりデカいけど、駅まで送ってくれる奴は松田しかいない。二日前といえば、始発に間に合わなかった日だ。

『髪の毛に触れていました』

「え？」

『……いえ、羊太さんはふらついているようでした。お気をつけて』

何か物言いたげだけど、電話じゃ相手の表情が見えないから、思うように気持ちを汲《く》み取れない。

「——うん、気をつけるね。犬飼さんもゆっくり休んで」

電話を切ったあと、岡部に「リア充撲滅……」と睨《にら》まれる。新しく入ったスタッフにも「いいっすね、心配してくれる人がいるって」と溜《た》め息をつかれる。

皆、徹夜続きで人相が悪い。

◇

地獄からの解放——、個展搬入後の打ち上げは、大人しい岡部が乾杯の音頭を叫んだ。

「ぁぁぁあ！　ようやく悪魔から解放されたぁ！　乾杯！」

岡部が言う悪魔とは松田だ。

当の本人は、ははっと笑っている。松田は、この一か月、本当に鬼、悪魔と化していた。

新しく入ったスタッフもビビりまくり、俺も作業が遅いと何度も怒鳴られた。

大学時代よりも鬼化が進んでいて岡部に同情する。戦場を乗り切った他のスタッフもうんうんと涙ぐみながら岡部を労《いたわ》っている。

「一時はどうなるかと思ったけど、満足のいく形に仕上げてくれたよ」

皆に悪口言われまくっている横で、何も悪くないって顔をした松田が礼を言っている。そんな彼を皆は睨《にら》むけれど、個展の出来には誰も文句がなかった。

搬入を終えて、ようやく松田の表現の全てを見た。

剝《む》き出しの冷たいコンクリート壁に美しく飾られた洋服は、ライトを浴びてとても美しかった。羊毛糸の柔らかさや温かさも見ているだけで伝わる。

しんどい思いをして不満だらけだったのに、彼の企画に参加できてよかったと皆思っているのだ。

俺もこうなると分かっていなければ、貴重な時間を潰して手伝ったりしない。

明日からの個展はきっと成功するだろう。そんな予感しかない。

「さぁさぁ、打ち上げは悪魔の奢《おご》りですから、遠慮せず食べてくださいよ！」

岡部の言葉に煽《あお》られるように、それぞれメニューを注文しまくった。次々と掘りごたつ席の上に料理が運ばれてくる。

皆、ストレスが溜まっていたせいか、食べるのも飲むのもペースが速かった。

初めは皆に合わせていたけれど、途中からはマイペース。人の話をつまみにチビチビとウイスキーを飲む。

「はは……」

会話の間、自分の席に置いている携帯に通知はないかとチラチラ見てしまう。

午後二十二時。

夕方、犬飼に個展作業を終えたこと、近所で打ち上げしていることをメールした。まだ何も返事は来ていない。

今の時間なら、犬飼はまだ起きているだろう。

このまま会いにいきたい。けど、一か月丸々会っていないのに、酔っ払って犬飼の家に行くのは気が引ける。会うなら素面《しらふ》の時がいい。

明日は休みなので、出来れば会いたい。今、連絡しておこうかな……。

「松田さんは怖かったけど、羊太さんがいたからなんとかなったと思います」

「ん？　何の話？」

話題がいつの間にか自分になっていて、携帯を置いて彼等の話を聞く。

松田が羊太と名前で呼ぶので、アトリエ内ですっかり名前呼びが定着してしまった。

「俺？」

「そうですよ。新スタッフが誰も辞めなかったのは、羊太さんのやわらか〜いフォローのおかげです」

「頑固親父を支える良妻って感じっすよね」

変な例え方だけど、どうやら、他のスタッフもそう思っていたようで一斉に頷く。松田まで。

「羊太が良妻なのは事実だろ。いつも、いい感じで助けてくれるんだよな。大学の時に共同店を持とうって誘ったんだけどさ、秒で断られたんだ」

「だって、ばぁちゃんの店があるし」

そういえば、在学中に誘われたっけ。

祖母の店を手伝うことは、子供の頃から決めていた。あの柔らかい空間が子供の頃から、特別な基地だった。今もそれは変わらない。

「俺が有名になって稼ぐようになったら、嫁ぎに来てくれ」

「奴隷になってくれの間違いだろ」

「いやいや、やっぱり羊太以外いないって気づいたし。一途《いちず》な気持ちを受け取ってくれよ」

笑いながら冗談を交わした時だ。人影がぬっと現れて影になった。

店員かと思ったのだが、一人そちらを向けば、また一人そちらを向く。

「なぁ、誰かモデル呼んだの？」

横に座る岡部の驚く声に俺も顔を上げた。そこにいたのは見慣れた美貌だ。

「――――え……犬飼さん？　どうして？」

「お疲れ様です、羊太さんを迎えにきました」

犬飼だ。どうしてここにと思ったが、メールを入れていたから気を使って迎えにきてくれたのだろ

うか。

もしかしてと携帯画面を見ると、十分前にメールが届いている。話題がこっちに振られた時だったから気がつかなかった。

突然現れたイケメンに皆、たじろぎながら興味津々だ。

「これはまた物凄《ものすご》いイケメンだなぁ」

松田の感嘆の溜め息にハッとする。この男なら、初対面でもモデルを頼みかねない。

面倒なことになる前に座席から立ち上がる。

「一足先に帰るから！」

「あ、羊太、待ってくれ——え？」

俺に触れようとした松田の腕を犬飼が掴《つか》んで、パッと離した。

「羊太さんは貴方《あなた》のものではありませんよ」

「……は？」

冷たい声に周囲が凍り付いた。俺も驚いて固まるけど、すぐに冗談交じりで明るくその場を誤魔化す。

「その通りだよ、松田。もう作業も終わったし俺は自由なの！　そんなわけで、皆さん、お疲れ様でした！」

「お、おぉ……、お疲れ～」

じゃぁね～と手をヒラヒラさせて、犬飼の背を押して共に店を出た。

外は既に信号が点滅している。普段は人が多い通りだけど、今はもうまばらだ。

店から数歩歩いたところで、犬飼に向かってパンと両手を合わせる。

「ごめんね！　メールに気づかなくて。心配してくれたんだよね。迎えにきてくれてありがとう」

「いえ、突然きたのはこちらですから。――――帰りましょう」

そう言って、再び歩き始めた彼の広い背中を見つめる。打ち上げをしていた店はアトリエの近く、丁度犬飼が住むマンションとの中間地点にある。彼の足取りは真っすぐマンションの方角。

――このまま彼の家に泊まってもいいのだろうか。

それを聞きたいのに、今日の犬飼は歩調が速い。酔った足では急げなくて足がもつれそう。

そんな俺に気がついた彼は、手を握って引っ張ってくれる。

「……犬飼さん？」

無言で歩く彼の横顔を見つめた。足が止まると車が前を通過する。

再び歩き始める前に俺の名を呼ぶ低い声。

「今日は泊まってください」

こっちを見てくれないことが不思議だったけれど、その言葉にコクリと頷いた。

そこからマンションまで二分もかからなかった。なのに、彼は急ぐように俺を室内へと招いた。

――――……パタン。

こげ茶色の玄関ドアが閉まった途端、強く抱きしめられる。

「……？　犬飼さん」

性急な様子に、どうしたのかと上を向くと唇が降ってきた。

「ふっ!?」

彼の舌が唇を割って口腔内に潜り込んでくる。艶《なま》めかしく濡れたそれは上顎を舐《な》め、俺の舌に絡みつく。

驚いて、身を引くとさらに力を込めて抱きしめられる。——これはもう犬飼の癖なんだと思う。その癖を知っているから早く力を抜こうとするけれど、強引なキスで上手《うま》くいかない。

「っ……は、ん……んっ」

キスなら、もう何度もしているのに、久しぶりだからか、酷く興奮する。犬飼の匂いにクラクラして、ぶるりと胴震いする。

二か月そういうことをしていない身体は、キスだけで簡単に熱を持ち始めた。

「あ、ん」

彼の手が俺の腰から尻に移動して撫でる。その触れ方がこの先、気持ちいいことをするのだと教えているようでスイッチが入ってしまう。

きゅっと彼のコートを摑んだ時、ここが玄関でまだ靴も脱いでいないことに気がついた。

「——はぁ、ぁ、いぬ、かいさ……ん、んっは、待って……、ここ、げんか、ん」

「……」

「外……、声、聞こえちゃう……」

それでもキスが止まらなくて、摑んだコートをぐいぐい引っ張ると、ようやく唇が離れた。

目の前にいる犬飼の欲情しきった表情、眉間のシワもこういう時は、色気に変わるのだと息を飲む。

見惚《みと》れていると、彼は俺の両脇に手を添えて抱き上げた。

「え、何を……!?」

上がり框《かまち》に俺を座らせると、丁寧に靴を脱がしてくれる。その後、彼も自分の靴を脱ぐ。

それからまた俺を抱き上げると部屋の中を大股でツカツカと進んだ。

「へ!? わ、犬飼さん!? 俺、歩けるよ!」

「……」

そう言ったところで寝室まで距離がなく、あっという間にベッドだ。

急《せ》くように服を脱がされるから、俺も彼の服を脱がした。しなやかで綺麗な身体の中心は既に熱を持って興奮している。それを見ると、なんで自分の肉付きの薄い凹凸のない身体に興奮するのだろうといつも疑問になる。

覆い被《かぶ》さってきた彼が、俺の首筋に顔を埋め、スンッと匂いを嗅ぎ始めたところで――ハッとする。

(あ、あれ!?)

搬入作業でたくさん汗を掻いたのに、風呂に入ってもいない。

こんな汗くさい身体を嗅がれたくなくて彼の胸を押し返した。

「ごめんっ、汗くさいよ。汚いから離れて……あっ!」

「待てません」

首筋をカプリと甘噛みされる。

「っ、だから」

「いい匂いです」

顔を上げた犬飼は野獣じみた表情をして、噛むようなキスを仕掛けてきた。

今日の犬飼はやっぱりどこか変なのに、キスと同時に彼の手が身体を弄り始めると、止《や》めてと言うはずの声がただの喘《あえ》ぎに変わってしまう。

「ん、ん、……はぁ、ん」

乳首を指の腹で撫でられ、捏《こ》ねられると快感が走り、身体を捩《よじ》らせてしまう。尖り切った乳首を指で弾かれて、身体が勝手にビクビク震える。

「あん、っ。ごめ……、ゆっくり、して。忙しくて、オナニー……してなかったから、ん……今日は駄目な感じが、する……ん」

「………誰とも？」

「え？　あ、んん」

犬飼が胸を舐めたから、返事が出来ない。もぞもぞと膝頭を擦り合わせていると、彼の手が勃《た》ち上がっている俺の性器に触れる。

「あ……」

触れられたそこが、早くも先走りで濡れていることに気づく。

彼の手が包み込むようにそこを揉《も》み込んだだけなのに、きゅーっと下腹部が引きつるような感覚がして、ぴゅっぴゅっと白濁を漏らしてしまう。

「——っ、っ……う……はぁう」

はぁはぁと荒い息をしながら、あまりの早漏加減に恥ずかしくて両手で顔を押さえた。

「だから、早いって言ったのに————……あ、っ、へっ!?」

尻に冷たいローションの感触と異物感。顔を押さえていた手を驚いて離し、自分と彼を交互に見る。

「指、待って。俺まだ、んっ、イッたばかりだから……っ」

まだ息も整っていないのに。そこの快感を拾いたくなくて、身体を捩ると、太腿《ふともも》を摑まれパカリと両股を開かれる。

「——……あっ」

また緩く勃ち上がりかけている性器を彼に見られ、頬にかぁっと熱が籠る。

「痛くしませんから」

犬飼はどんなに強引でも丁寧な愛撫《あいぶ》をするため、そんなことは心配していない。それが問題ではなく、内部が彼の愛撫を貪欲に貪ってしまうことが不安なのだ。犬飼とのセックスは知らないところまで気持ちよくて……少し怖い。こんなに乱れて、おかしくないだろうか。

「指、締め付けてきます」

「っ」

彼の指が内部にある膨らみを擦り、一本、二本と増えていく。

「っ、ん~……あ、あっ、はっ……まっ……て、俺、イきそう。で、出ちゃうから」

イッたばかりだというのに、また射精感が込み上げてくる。

犬飼に待ってほしいと訴えるけれど、彼は俺の身体に口づけるのに夢中で聞いていない。

絶対明日、自分の身体を見たらキスマークだらけになっている。

そんなことを考えていると、こちらに集中しろとばかりに胸を吸われ、きゅうっと彼の指を締め付けてしまう。

「……あっ、ぁ、んんっ、もう……イく――、っ……あ……？」

イく寸前で指を抜かれ、後孔に熱塊が宛がわれる。すると、まるで彼の熱を待ち望んでいるかのように、ヒクヒクとそこが蠢《うごめ》く。

「羊太さん、欲しい」

「っ」

自分の名を呼ばれて、ゆっくり彼の熱が俺の中に挿《はい》ってくる。

「んんん……はっ、んん」

狭い通りを押し拡《ひろ》げながら擦られる感覚にゾクゾクと快感が押し寄せてくる。咥《くわ》え込んでいるそこが脈打っているのを感じた時、キュウキュウ内部が痙攣《けいれん》してしまう。

「んんぁあ、ん、ん、んっ……はぁ、はぁ……ん、犬、かいさん……」

手を伸ばして背中に腕を回し、その厚い胸板に頬擦りすると、ぎゅうと抱きしめてくれる。

止まってくれたのは、その僅かな間。

彼自身我慢が出来なくなったように、腰を動かし始めた。

優しい手はいつもよりも強引で、抱きしめる腕は、俺の身体をすっぽりと全部離さないように包んだ。

その後も大きな快感の波は去っていかず、俺はただその気持ちよさに溺れた。


四．


カーテンの隙間から差し込む太陽の光で目が覚めた。

「う」

寝返りを打つと、腰がピキッと引きつった。

うぅう。とゾンビのような唸《うな》り声をあげてしまう。

こういう時、原因を作った犬飼が腰を擦ってくれるため、無意識に助けを求めて真横を見た。

…………いない。

寝ぼけ頭で、彼が寝ていた場所を手でサワサワする。

……シャワーかな？

動けない身体でボンヤリと昨日のことを思い出す。

いっぱい抱かれた。揺さぶられながら、彼の手が色んなところを器用に弄るから気持ちよすぎてわけが分からなくなった。

「ケホッ」

喘ぎすぎて喉が痛い。

気持ちよすぎて流されちゃったけど、――やっぱり様子がおかしかった。

もうひと眠りしたかったけれど、重だるい身体を起こしてリビングに向かう。

「おはよう、犬――……ん？　犬？」

リビングの影は彼だと思い挨拶をすると、そこにはシェパードがいた。

ここにいるってことはシェパードになった犬飼だろう。

「珍しいね……」

彼の部屋なのだから、どんな姿で過ごしてくれてもかまわないけど、起きている時はいつも人の姿だったからちょっと驚いた。

彼はトコトコとやってきて俺の前にチョコンと座った。

黒と茶色の毛並み。座った身長は俺の太腿の付け根くらい。もふもふの尻尾。

犬好きなので、正直頭や身体を撫でまわしたいけれど、これは犬飼だと思うとグッと堪《こら》える。

「犬飼さん？」

犬飼の視線の高さに屈《かが》んだ。

すると、ペロ……と顔を舐めてくる。

嬉しそうにと言うよりもしょんぼりした感じでペロ、ペロ……ペロと慎重な舐め方。それに耳が伏せっている。

「えっと、どうしたの？」

「……」

「シェパード姿で過ごしたいのかな？」

「……」

「あ、もしかして、昨日、セックスしすぎた件を反省して？　自重して犬の姿に？　なーんて……は、は……」

「……」

何も返事がない。

（え。君はもしかして犬飼さんじゃない？　ただのシェパードに声をかけている？　だとしたら恥ずかしすぎない⁉）

ジッと見つめてくるシェパードをこちらも見つめる。

見慣れた瞳。賢そうな顔。

「うーん、やっぱり犬飼さんだよね？」

犬飼がコクンと首を縦に振る。俺は首を横に傾ける。

互いに見つめ合うけど、全く分からない。

すると犬飼が俺に背を向けトコトコと歩き始めて、少し振り向く。ついてこいという意味かとあとを追うと風呂場。前足で風呂場の扉をトントン叩く。

「風呂に入れってこと？」

彼はまた頷く。

「……じゃ遠慮なく」

よく分からないけれど、風呂から出れば、人の姿に戻っているはずだよね。珈琲でも淹《い》れてゆっくり彼の話を聞こう。


そう思ったけど、風呂から出ても犬飼はシェパード姿だった。

彼の横には床置きされたノートパソコン。

頭も身体もスッキリしたけれど、名推理は出来そうにない。

傍《そば》に近寄ると、彼が前足でパソコンを開けた。そして、前足の爪で器用にパソコンの起動スイッチを押して、キーボードを打ち込んでいく。

〈h……〉

〈ひと……〉

〈人に　もどr……〉

「――――人に戻れない!?」

彼が打ち込んだ文字を読み上げると、彼が頷いた。

耳も垂れて尻尾もしょんぼりしている。

（えぇえ……。変化出来ないってことは、日常生活ままならないよね!?　生活どうするの？）

物凄く驚いているけれど、彼の様子を見て刺激しないように冷静に声をかける。

「前にもこういうことあった？」

ふるふる。

パソコンを通して意思疎通をしたところ、犬から人に戻れなくなることは初めてらしい。

犬飼のような変化型は人として生活をしているため、戻れないとなると社会的に影響が出るだろう。

「病院へ行こう」

素人判断で様子見しても心配が募るだけなので、一時的に犬飼に首輪をつけてもらい、病院を受診することにした。

◇

「ストレスによる一過性の変化障害……？」

「はい」

獣人専門病院を受診すると、医師からそう診断を受けた。

医師の説明によると、変化する際に指令を与える脳信号が、ストレスにより一時的に上手く作動しなくなっている状態だそうだ。

数時間や一日で元に戻る個体もあれば、治るのに数か月かかる個体もある。

それを聞いて、犬飼の頭がガクリと落ちた。

「早く治すためにはどうすれば？」

項垂《うなだ》れている犬飼の代わりに質問すると、医師がこれまた風邪と同じだと言った。

「まずはゆっくり休んでください」

「……はい」

診察室から出ると、犬飼は他の健康状態に異常はないか調べるために検査室へと向かった。

待っている間、医師にもう一度呼び出されて話を聞かれる。

医師は犬飼のカルテを見ながら、質問し始めた。

「温井《ぬくい》さん、犬飼さんとは親しい仲でしょうか？」

お願いしたいことがあると言われていたので、俺は迷わず「はい」と返事をした。

「そうですか。実は犬飼さんにはサポートを頼める付添人がいません」

「付添人ですか」

「ええ、動物姿で一人外をうろついていては保健所行きですからね」

変化型がこの病気に罹《かか》った場合には、様子を見守り、世話を焼く付添人が必要だという。

犬飼の両親は健在だが、海外に住んでいて、すぐに帰ってこれる状況じゃなく、彼自身もそれを望んでいないそうだ。

「え」

初耳だ。彼の両親については聞いたことがなかった。付き合ったばかりで踏み込んだ質問も出来ないけど。

「診察前のアンケートで、彼は一人でいることを希望しているんです」

「……」

犬飼はパソコン操作が出来るため、通販も頼めて、付添人は不要と言っているそうだ。引受人がいないケースは稀《まれ》ではなく、民間の有償サポートもある。周囲に頼める人がいない場合はサービスを利用することも多い。

犬飼はしっかりしているし、少しの間だけなら動物姿でも生活は出来るだろう。

「でもね、犬獣人は、淋しがり屋が多いんですよ。この病気は我慢強い獣人だからこそ罹りやすい風邪です」

「我慢？」

「例えば、責任感があって仕事を休めず無理をする。弱音が吐けない。そういう方って元気そうにしていても、何かの拍子に体調が崩れることってあるでしょう。知らず知らずのうちに疲れが溜まっているんです」

普段の犬飼の様子が、その言葉の通りっぽくて頷いてしまう。

最近、電話でも犬飼は何か言いたそうに言葉を詰まらせていたことを思い出した。

そういうのが多分、二、三回はあったと思う。

(俺のことで悩んでいた？　それとも仕事や他の私生活が原因だろうか？)

俺の忙しさが彼に何かを我慢させていたとして、彼は気軽に悩みを打ち明ける相手がいるのだろうか。

(ううん。彼は愚痴とかあまり言いたがらない)

御両親は海外にいるから、支えてくれるような人もいなかった……？

種族が違うけど、羊獣人は群れたいタイプばかりだから、一人でいるのなんて考えられない。

医師の話を聞いている時には、既に犬飼の付添人になろうと考えていた。

◇

「まだ、書類あるんだ」

しっかり休め、絶対休め、と言う割に、社会人はやることが多い。

緊急連絡先は俺にしてほしいと伝えると、彼は犬姿でも分かるくらい恐縮した。そんな彼に気軽に考えてと言いながら、あれこれ手伝う。

会社に提出する休職届や犬姿で生活することの申請手続きで、帰りのタクシーに乗る頃には日が暮れ始めていた。

犬飼も申請の多さにゲッソリしていた。

彼は確かにパソコン操作が出来るけど、打つのが遅いし、細かいところは不便そう。

――だから俺は、犬飼のマンションではなく、温井家に向かった。

タクシーから降りた時に、これから遊びませんかくらいのトーンで言う。

「一緒に暮らそっか」

彼の尻尾は一瞬ふるふると揺れた。その反応は嫌じゃないってことだ。

でも、彼はちょっと迷ったのちに耳を伏せて、首を小さく横に振る。そこは大丈夫の一手で強引に進めることにして家の中に入った。


「いいわよ」

祖母に一通りの事情を話すと、二つ返事だった。

「ほら、言った通りでしょ」

祖母があまりに返事をするのが早かったので、犬飼もちょっと目を見開いている。

「いいんだよ、犬ちゃん」

俺が言っても頷かなかったのに、祖母がヨシヨシと犬飼の頭を撫でると彼は頷いた。

いつも思うけど、二人って仲がいい。

好きな人達が仲いいのは見ていて嬉しい。

「うーん。でも、どうしようかねぇ」

「何が？」

祖母が犬飼ではなく、キッチンの方を見て悩み始めた。

コンロの上には鍋。俺が声をかけるまでコンロに火がついていたっけ。

「アンタ達、夕食まだよね？　お鍋って食べて大丈夫なのかしら？」

「あぁ、犬飼さんの食事のことなら、人と同じ内容でいいよ」

先程、病院で変化型獣人との暮らし方について一通り説明を受けた。犬飼の食事は、人の時と同じだ。特に禁止されているものはない。

「けど熱いわよね」

「……だね」

祖母が犬飼には別の物を用意しようかと聞いたけれど、彼は首を横に振るので、椅子を一脚増やして三人で鍋を囲むことにした。

「はい、犬飼さん、口を開けて」

うどんを丁度いい長さに切り分けてふぅふぅと冷まして、あーん、と犬飼に差し出せば、犬の表情でも分かるくらい、ムスッとする。案外表情豊かだ。

(はは……、あーんが嫌って顔している)

祖母が暫く我慢してねと声をかけると、渋々俺の手から食べ始めた。

食べやすい形状の食材は彼自身で食べていたけれど、犬飼は犬になっても綺麗に食事をするんだなぁと感心した。


食後の片付けは俺の仕事だけど、祖母が「今日はいいから」と言ってカチャカチャ食器を洗い始める。

「羊太、犬ちゃんが困らないように家のことを教えてあげるんだよ」

「うん。分かった。じゃ、犬飼さん案内するね」

案内するとはいってもこの家は大して広くない。共同スペースはダイニングキッチン、リビング、トイレ、風呂、洗面所。

レトロと言えば聞こえがいいが、築四〇年越えだ。どれも古びているし、傷んでいる。床を歩けば、至るところでギシリと軋《きし》む音がする。

祖母の部屋は開けないでねって説明して、最後に自分の部屋に案内した。

「じゃん、これが俺の部屋。あー……、狭いけど好きにくつろいでね」

俺の部屋は六畳、ベッドとこたつがあるから体感的にはもっと狭い。さらに手芸用品や洋服も沢山あってごちゃごちゃしている。

店舗にはよく来る彼だけど、住居スペースを案内するのは初めてだ。

伏せていた耳がピンッと尖り、尻尾が左右に揺れる。

「狭いけど、このベッドで一緒でもいい？」

そう聞くと、尻尾がフワフワ大振りする。どうやらいいみたいだ。

「たっぷりゆっくりしてね」

すると、口をペロリと舐めてくる。

「ふふ」

この際だから、犬姿を堪能しようと思って、彼の頭にそっと手を伸ばしてヨシヨシと撫でてみた。

温かい手触り。

嫌がる様子はなく、そろ～と抱きしめてみる。首下の柔らかい皮膚が、頬に当たるとふわっとして気持ちいい。

四六時中、犬飼と暮らすなんて緊張して想像すら難しいと思っていたけど、犬姿なら全然緊張しない。

これなら、難なく暮らしていけそうだと思っていると、くんと彼が俺の身体を嗅ぐので、凄く風呂に入りたくなる。

(うーん。風呂か。どうしようかな)

しばし悩む。風呂も食事と同じで通常通り。

人の意識があるなら、毎日風呂は入りたいはずで、俺なら何日も身体を洗わないのは嫌だ。

でも、犬飼自身が自分の身体を洗うのは難しいだろう。洗い残しがあって痒《かゆ》くなったら可哀想《かわいそう》だ。

「犬飼さん、お風呂一緒に入ろう」

先に裸になった俺が、犬飼に手招きすると、すぅーっと俺の部屋に戻ろうとするのでその身体を捕まえる。

食事の時よりイヤイヤしている。

「うゔぅううう」

「え!? 唸ってる。嫌なの? けど、この寒い時期に全裸でうろついている俺の気持ちにもなってよ～」

寒さにブルリと震えると鳥肌が立った。それを見た彼は仕方ないと言うように、ムスッとしたまま、とぼとぼと浴室に向かった。

「痒いところとかあったら教えてね」

全身ブラッシングした後、彼の足元からゆっくりとシャワーをかける。

自分の手に専用シャンプーをつけてモコモコに泡立てる。

さっき、犬を飼っている一郎の家から専用シャンプーを借りてきたのだ。一郎には、とりあえず知人の犬を預かることになったと伝えている。彼は、今度会いにいくからと興奮していた。

もみもみ。

足の肉球を揉み込んで、汚れを取っていく。それから頭と身体だ。耳や首筋はマッサージしながら洗っていく。

「気持ちいい？　力抜いても大丈夫だよ」

「………ぅ」

気持ちよさそうな半目になっているけれど、ピンとしたまま体勢を崩さない。

「ほら、俺の膝使っていいから」

「!?」

自分の膝に彼を寝かせ、デリケートな部分に気をつけながら、まだ洗っていない箇所を洗う。

「ぐるぅ、う、うう」

唸っている。

なんでだろう。昔、一郎の家の犬を洗った時は気持ちよさそうだったのに。

「気持ちよくないかな？」

「……ぅゔ」

「？」

なんとか全身洗い終えるが、今にでも浴室から出て行きそうだ。そんな彼を背後から捕まえ、ぐっと抱き上げて一緒に湯船に入った。今日は踏ん張って持ち上げたけれど、水を含んだ全身の毛は随分重くて次からは無理だろう。

目の前に座る彼に顔を寄せて覗き込む。

「一緒のお湯の温度でいいって聞いたけど……熱くない？」

首を縦に頷いてはいるがジト目だ。

シェパードって俺の中では犬界トップクラスの強面《こわもて》なんだけど、そんな顔をされると、迫力が凄《すさ》まじい。

犬もこんなに眉間にシワが寄るのかと新たな発見だ。

「もしかして、狭い？」

犬飼の身体を股で挟むように座っているから窮屈なのかもしれない。対面の方がいいかと聞けば、彼は首を横に振る。

無理させていないかジッと見ていると、彼はぎこちない動きで俺の顔と反対側を向いた。

「？」

何故《なぜ》か風呂の間はずっとこの調子で、出るまで顔を背けられてしまった。

だけど、自分も寝巻を着て、彼の毛にドライヤーをかける頃には機嫌が直っていて、ペロリと俺の顔を舐めてくれる。

それからタシタシと前足で床を叩いて、首を横に振って何かを伝えようとしてくる。けど、何が言いたいのか全然分からない。

意思疎通が出来なくて耳を伏せている犬飼においでと誘って、一緒のベッドに入った。

その上で、自分用のパソコンを渡すと、彼はキーボードを打ち始めた。

カタカタ……

〈危機感　もって〉

〈我慢　できない〉

「危機感？　えーと……我慢？　この家で暮らすことが？」

〈いえ　そっちでは　ない〉

「？」

首を横にフリフリ、そうではないと言ってくれるが、何を我慢しているのか分からない。

「気なんて使わなくていいからね。ばぁちゃんもそう言っているから」

「……」

特に祖母は大勢が好きだし、犬飼のことも大のお気に入りだ。

〈佳代さんに　紹介されるのかと　期待しました〉

「え？　恋人としてってことだよね？　犬飼さんはそう紹介されてもいいんだ」

コクリと頷く犬飼の真っすぐさに驚く。

「そっかぁ、ありがとう」

祖母に紹介――……か。

誰にだって秘密はある。自分が同性愛者だということは幾つかの秘密のうちの一つ。それが大人だと思う。

「仲がいいからこそ、話したくないこともあるんだよね」

「……」

「あ、そうだ。明日は犬飼さんのマンションに寄ろうね」

今日は病院からそのまま家に来たから、犬飼の私物は何も持ってきていない。何があるか分からないから服や私物を持ってきておくべきだろう。

考えれば、明日には人間の姿に戻っている可能性もある。その時は商店街の中なので買えばいいし、特に問題はないだろう。あんなに休職申請書類を書いたのにって、いい笑い話だ。

犬飼と一緒に布団の中に入っていると、毛並みの心地よさとぬくもりに瞼《まぶた》が重くなる。

いつもの彼なら俺が傍にいると、すぐに眠ってしまうのに、今日は眠くなさそうだ。

そんな彼を見ているうちに自分の方が先に眠くなってしまった。

◇

「ん……」

生温かくて湿った感触。

その湿りけを帯びたモノに頬、唇を舐められている。

くすぐったくて、クスクス笑ってしまう。

一郎《いちろう》の犬もこんな風によくじゃれついてくる。手を伸ばすと、獣の耳、フワフワで温かい毛並み。

やっぱり一郎の犬？

「ん、ふふ、は。……くすぐったい……ん」

くすぐったいと笑うと益々《ますます》舐めてくる。さらに、その長い舌が首筋をなぞるので、んっと身じろぎした。

フワフワのぬくもりがさらに大胆な動きになって、服の中に忍び込んでくる。腹部をペロリと舐められて、宥《なだ》めるようにその身体を撫でた。

「タロウ、そこ、舐めないでよ。まだ、眠い……ふふ」

「……」

すると、やけに聞き分けがよく、その身体が離れる。大きなぬくもりが離れたので、夢現《ゆめうつつ》だった意識が浮上して瞼を開ける。

見慣れた茶色の天井と電球。

「――――……ん。は、れ？」

視線を下げると、寝ている足元に黒と茶色の毛並みが見える。

そうだった。昨日から犬飼と一緒に暮らしていたっけ。

……まだ変化は解けていないようだ。

「……犬飼さん、おはよ……」

「……」

その背中が丸まったまま反応しない。軽く目を擦っていると、自分の頬に濡れた感触。

「濡れて？　――え。あっ！　そっか、今、俺のことを舐めていたのって!?」

その丸まった背中は完全に拗ねている。

「違うんだ。タロウっていうのは一郎……、あ、従兄弟《いとこ》の飼っているペットで、俺を見るとよく舐めてくるから！」

急いで訂正していると、むくりと起き上がってまだ寝ころんだままの俺に覆い被《かぶ》さってきた。

犬なのに、眉間に凄いシワが寄っている。昨日の倍ムスッとした顔だ。

……間違いなく、怒っている。犬と間違えたからだ。

「犬飼さん、ごめ……っん！」

がぶり。

犬飼は大きい口を開けて俺の手に噛みついた。

甘噛み程度で痛くはなく、でも歯型がしっかり残るくらいの強さだ。口を離したあとは、ペロリと労るように舐めてくる。

手に残ったまん丸い歯形を見て、朝一の寝ぼけた頭で思ったことを呟《つぶや》いた。

「マーキング？」

「……」

「はは、まさかね」

モテ男の犬飼は嫉妬とは無縁の存在。ヤキモチなんて焼くはずがない。

だけど、彼は俺の呟きを否定せずジッと見つめている。

「え？　……マーキングだったの？」

じゃぁ、人間の時、俺の身体に痕つけまくるのは？　あれもマーキングだった？　いや、単なる噛み癖かもしれない。……どっちなのだろう。

もし前者なら、普段しているセックスの時に噛まれるのが恥ずかしくなるなと思っていると、彼がそっと俺の身体から退《ど》いた。

俺もゆっくりと上体を起こして、噛まれた部分に触れてみる。ちょっとデコボコで、凹《へこ》んでいる。

「犬飼さんが、そんな風に思うなんて」

嬉しいと思って呟いたのだが、犬飼の尻尾がしょんぼり垂れた。

そして謝るような仕草で俺の顔を舐めてくる。何か勘違いさせてしまったようだ。違うと言いかけた時、祖母が部屋の外から俺達を呼んだ。

くるりと向きを変えて、犬飼は部屋を出て行ってしまった。

部屋の外で祖母が「おはよう」と挨拶する声が聞こえる。

ポツンと一人ベッドに残された俺は、いそいそと着替え始めた。

犬の犬飼は人の犬飼よりもなんだか難しい。

五.

「犬飼さん、こっち向いて！」

犬の犬飼との共同生活が始まって六日目。

掃除機をかけてくれる二本足犬飼、雑巾がけをしてくれる犬飼、食後に自分の口元をハンカチで拭く犬飼、両足を使って文字を書く練習をする犬飼。——すっかり犬飼の魅力にメロメロになっていた。

……なんかもう存在がヤバい。愛《いと》おしい。

「あぁあ。可愛い〜、ヤバい、こんな気持ち初めて……」

携帯の写真フォルダは、犬飼でいっぱいだ。

一緒に暮らし始めた当初は彼に気を使っていたけれど、こんな犬飼を目《ま》の当たりにしているうちに新たな犬フェチに気づいて、パラパラと遠慮の壁が壊れていく。

自重しなくちゃと思うけれど、彼も不貞腐《ふてくさ》れながらもピトッと傍に寄ってくるのも悪いと思う。犬になっても彼は俺をキュンとさせるのが上手すぎる。

抱きついて眠れば、湯たんぽのように温かい。

しかも、全然逃げないので、朝までずっと抱きしめてしまう。

今日なんて朝起きると、犬飼が器用に前足で俺の服を畳んでくれていた。キュンが口から出そうになって口元を手で押さえる。

「犬飼さん、ありがとう、っ、っ！」

悶《もだ》える俺を見て、犬飼が首を傾《かし》げて見つめてくるものだから——……、つい、犬飼にぶちゅぶちゅとキスしまくって、その毛並みに顔を埋めて犬吸いしてしまった。

「ぐるうゔゔぅぅ」

「っ」

——……しまった。

日に日に大きくなっている唸り声に、身を離した。

「……ごめん、うざかった？」

「……」

ジト目の犬飼。興奮してどこかに行っていた理性が戻る。

「羊太、あんまり困らせちゃあ駄目よ」

「ばぁちゃん……、それ今反省しているところだから」

「ほら、朝食作っておくから、いつものお出かけ行っておいで」

いつものお出かけとは、犬飼と一緒に散歩に行くことだ。

外に出る度《たび》に犬飼の首に首輪をつけさせてもらって一日二回、朝と晩に外をぶらぶら歩く。

今日は祝日だからか、朝から同じように散歩している人が多かった。

最近、ペットを飼う人が増えた気がする。マルチーズに柴犬《しばいぬ》、ラブラドールレトリバー。行き交う人達と挨拶しながら通りを歩く。

前方からシェパードを散歩させている若い男性が歩いてくる。この辺りでシェパード連れを初めて見かけた。

向こうも俺達に気づいて話しかけてきた。

「いい毛並みのシェパードですね。よく躾《しつ》けられている。貴方《あなた》のペットですか？」

「えぇ。そちらのワンちゃんも格好いいですね」

見知らぬ人だし、詳しく説明する必要はないかと受け流しながら、散歩コースやオススメの公園などの情報を交換する。

芝生が綺麗に整備された公園があるそうで、相手が携帯を取り出して地図を見せてくれた。

「こちらの公園です。広くて運動させるのに丁度いいです」

「へぇ。いいですね」

獣人とはいえ、運動不足は健康によくない。ちょっと遠出の散歩にも出るべきだろうか。

携帯画面をよく見せてもらおうと覗き込んだ時、犬飼が突然反対側に歩き出した。

リードを持つ手が引っ張られる。

「犬飼さん!?　どうしたの？」

「……」

いつもは絶対、引っ張るような真似《まね》はしない。

相手に頭を下げながら、その場から離れた。ぐいぐいと引っ張られるままついていく。

「犬飼さん？」

反応はなく、あっという間に家に戻った。

よく分からないけれど、犬飼の尻尾も耳も頭も全体的に下がっている。

「あら、お早いおかえりだね……ん？」

足裏を綺麗に拭いた頃、祖母に声をかけられるが、トボ……トボ……と彼は歩いて俺の部屋に戻っていく。

「何かあったのかい？」

「……分からない。でも俺が何か気に障ることしちゃったんだと思う」

「そうかい。暫く一人にしておやり」

「……」

犬飼に声をかけたいけれど、何を言えばいいのか分からないため、祖母の言う通りにした。

手芸店は祝日も営業しており、時間になると店を開ける。

客入りはボチボチ。俺は奥で通販作業をしていたけど、彼の様子が気になって二階に上がった。

少しだけ開けたドアの隙間から犬飼の様子を見ると、彼は伏せったままだった。

こんなにしょげている彼は初めて見る。

この六日間、犬飼は人に戻れず悩んでいたのに、俺のことを手伝おうとしてくれた。自分のことで精一杯のはずなのに気を使ってくれていたんだと思う。

部屋のドアをそっと開けて、部屋の隅で伏せっている犬飼の背にそっと手を置く。

「犬飼さん、大丈夫？」

声をかけても反応がない。出直そうと思った時、彼はゆっくり顔を上げてパソコンを起動し、キーボードを打ち始めた。

初日に見た不慣れなキーボード入力よりもずっと早い。多分、一人でいる時に一生懸命打つ練習をしていたんだと思う。

その画面に書かれた言葉を見てハッとする。

〈ペットじゃないです〉

「……あ、朝の？」

通りすがりのシェパード連れと話した時、ペットかと聞かれて否定しなかった。

いつもは違うとはぐらかすのに、もう会うこともない相手だろうから適当に話を進めた。でも、犬飼の立場からすれば、適当にされたくない部分だろう。

「違うよ。犬飼さんのことペットだなんて思っていないよ」

〈そうでしょうか〉

「勿論——だって……恋人でしょ」

犬飼は俺をジッと見た。

その表情はとても悲しそうに感じる。無神経な朝のやり取りが彼を傷つけた。

いや、その前から俺はそう思わせる態度を取っていた？　悩んでいる彼の横ではしゃいで、調子に乗りすぎていたんだ。

「……朝のこと、ちゃんと訂正しなくてごめんなさい」

〈いえ〉

犬飼がカタカタとキーボードを打っていくので、黙ってそれを見守る。

〈羊太さんは悪くありません　俺がこんなおかしな病気になるから悪い〉

「……」

（悪いのは絶対俺なのに。こういう時くらい責めたっていいのに……）

画面の文字を見て、益々、犬飼が風邪を拗《こじ》らせてしまうんじゃないかと思った。

「ごめん。仕事……戻るね」

〈はい〉

励ましも何も言えなかった。


いつも通り仕事をしながら一日を終えた後、二階で待つ犬飼の元に向かう。

「犬飼さん、お待たせ」

犬飼の頭に手を伸ばそうとして、止めた。

（頭を撫でるのは、犬扱い？　変？）

人姿なら緊張して自分からベタベタしない。恥ずかしくて出来ないことを犬の犬飼にしている。

一つ気になると、色々気になって——犬飼にどうやって接すればいいのか。接し方の迷子になる。くい。

ぬくい感触。犬飼が俺の腕に鼻先を擦りつけた。

「……犬飼さん？　どうしたの」

聞くと、彼が視線を時計に向けた。夜の散歩の時間になっていることを教えてくれる。

昼間と同じように耳も尻尾も垂れているけれど、俺を優しく見つめてくれている。

――これは犬飼の気遣いだ。

散歩など行く気分ではないだろうに。

付き合う前だって、犬飼は傷ついていることを誤魔化して、何でもないように気遣ってくれていたんじゃないだろうか。

その優しさに俺はずっと甘えている。

「……そうだね、外の空気を吸いにいこうか」

彼は頷いた。そしていつもよりずっと短い散歩コースを歩く。いつもの自分なら色々声をかけるから、普段と同じようにあれこれと話すけれど、犬飼と視線が合わず、言葉が空回りする。

散歩が終わる頃には、俺も口を噤《つぐ》んだ。


ギスギスした俺達の雰囲気を見かねた祖母が、風呂後に俺を部屋に招いた。

彼女の部屋は、羊毛も布も沢山あるけれど綺麗にまとめられている。

祖母が編み物をしながら、何があったのか聞いてくれる。

その器用に動く指先を見ながら、犬飼をペット扱いしてしまったことを伝えた。

静かに話を聞いてくれていたけど、馬鹿《ばか》ねって言われる。

「普段の犬ちゃんを思い出してごらん。ちゃんとしているでしょう」

「うん」

「犬ちゃんは海外で働くご両親の代わりに祖父母に育てられたんだってさ。優しくて大好きだって。でも二年前にお亡くなりになって、それからは一人で頑張《がんば》ってきたんだよ」

「……」

祖母の顔に出来たシワや棒針を持つ手の皮膚の薄さを見ると、怖くなることがある。

「そっか」

祖母は犬飼のことを色々知っていた。

俺はまだ犬飼のことをなんにも知らなくて。それを拗ねるとかそういうのではなくて、これから知っていきたい。

ただ、犬飼の〝ちゃんと〟は祖母よりも知っている。

犬飼は連絡もまめで、誠実だ。

以前、誰にでもそんな風にまめなのかと犬飼に聞いてみたことがあったのだ。

俺の質問を不思議に思ったらしい犬飼は、「もしかして鬱陶《うっとう》しいですか？」と言うので、そんなことは全く、全然、これっぽっちも思ってないし、嬉しいのだ、と彼を勘違いさせないよう何度も言った。

すると、彼は、「仕事以外では、そんなことはないです。寧《むし》ろズボラな方です」と苦笑いした。

それで、その時俺は思った。

恋愛下手な俺のことを不安にさせないように向き合ってくれているんじゃないかって。

俺のこと、反応とかもよく見てくれて、物凄く大事に接してくれているって分かって嬉しかった。

たった数か月付き合っただけでも、そういう〝ちゃんと〟が伝わってきて、信頼している。

(じゃ、俺は犬飼さんに〝ちゃんと〟が出来ていたのかな……?)

犬飼のように大きな包容力を持つなんて出来ないし、今日みたいに傷つけてしまうこともあると思う。けど、犬飼が不安になっているのに気がついたなら、ちょっとここは恋人としての踏ん張り時かと思う。

犬飼に自分も信頼されたかった。


「キッチンに集まって！」

祖母に声をかけて、部屋で休んでいる犬飼をぐいぐいと強引に連れてきて、キッチン前のテーブルに集合する。

時刻はもうすぐ二十二時。祖母は寝る直前だし、こんな時間に三人集まることなんてない。

なんで呼び出されたのか分かっていない犬飼は、俺のことをジッと見つめた。

その瞳に、心の中で、突然ごめんと謝る。

「俺にとってちょっと勇気がいることなので」

テーブル下で祖母から見えない彼の前足をキュッと握った。それから祖母を見る。

「聞いてほしいことがあるんだ」

「……」

「ばあちゃんに隠していたことがあって……、実は、俺、恋愛対象が……その、さ」

ずっとゲイだって言えなかった。

祖母が客から、俺の恋人がいつ出来るのかとか、どんな女の子がタイプだとか聞かれているのを耳にする度、罪悪感みたいなものが募っていた。

自慢の孫だと言ってくれるから、とてもじゃないけれど本当のことを伝えられない。

それに、祖母にだけは、嫌悪感を抱かれたくなかった。少しでも否定されたらと思うと、怖くてとても言える気がしなかった。——グッと喉が詰まる感じがして、ゴクンと唾を飲んだ。

「俺、同性が恋愛対象……なんだ。——それで、今、犬飼さんと真剣にお付き合いさせて頂いています」

ちょっと語尾が小さいけれど、言い切った。

でも勇気が足りなくて下を向いたまま、顔を上げられない。犬飼が逃げないことをいいことに彼の前足を握りしめて、祖母が何か言うのを待った。

ドッドッドッと鳴る俺の心音が犬飼に伝わりそうだ。

すると、彼女はふっと息を吐いた。

「知っていたわ」

「……」

「犬ちゃんとのこともね」

「え」

俺がゲイだって知っていた？　その言葉に肩透かしを食らった気持ちになる。

でも、犬飼のことも知っているって、それはつまり、――犬飼が話して？

（……この二人、仲が良すぎやしないか）

俯《うつむ》いたまま、かぁ〜っと顔を熱くしていると、犬飼が何か言ったわけではないと祖母が訂正する。

「実は昔から羊太は同性が好きなんじゃないかって思っていたわ。犬ちゃんのことはなんとなくよ。犬ちゃんが店に来る度、アンタってば髪の毛整えちゃったりして。……でも、言いたくないなら言う必要はないと私は思っていたわ」

「……」

「犬ちゃんとの恋は言いたかったたってことでしょ？」

言いたい恋……？

そうかもしれない。犬飼の信頼のためとかそういうのはただのきっかけで……、俺自身が彼のことを恋人だと誰かに言いたかったのかもしれない。

付き合い始めたばかりだけど。大好きな人に大好きな人を紹介したくなったんだ。

「うん。素敵な人だから、ばぁちゃんに紹介したかったたんだ」

「……」

「犬飼さんは俺の恋人です」

そう言うと犬飼は俺の頬をペロリと舐めてくる。

祖母がイチャイチャは二人っきりの時にやりなさいと言うので、安心して笑ってしまった。

六.

祖母にカミングアウトした頃くらいから、仲直りしたあとみたいに犬飼と自分の雰囲気が柔らかくなった気がする。

シェパードは実は甘えん坊だと聞いたことがあるけれど、犬飼も犬の姿だとより本能が出やすくなるのか、かなり甘えん坊だ。祖母の目を気にしなくなったせいもあるけれど、結構べったり引っ付いている。

店番を一緒にする時、本を読んでいる時、何気なく彼を背もたれにしちゃっている時、よく目が合う。

犬になっても彼の瞳は変わらない。

そう思うと、犬姿の可愛い～っていう萌《も》えよりも別のところがときめくような感じがする。

「犬飼さん、変化が解けないね」

〈そうですね　不謹慎ですが　この姿にも慣れて楽しくなってきました〉

「ふふ、ならよかった」

その返事に、この姿もそろそろかなぁと思った。

◇

彼がここに来て、十日目の夜のこと。

編み物をしながら、犬飼とローカルテレビの旅番組を観ていた。車を使えば日帰りで行って帰ってこられる距離。テレビに映る絶景の夕陽を見て一緒に行きたいねって頷き合っていた。

すると、タタタ……と二階に上がってくる軽快な足音。

その音に犬飼の耳がピクピク動いて顔をドアに向けた時、勢いよく一郎が部屋に入ってきた。

「羊太くん、ワンちゃんに会いにきたよぉ〜！」

「……一郎、もうちょっと静かに入れないの？　犬飼さん驚くから」

「忙しくて会いにくるのが遅くなったけど、まだいてくれてよかったぁ」

一郎は大の犬好きで、俺の横に座る犬飼を見て、目をキラキラさせる。それでも、いきなり身体に触ろうとしない辺りは、犬の接し方をよく分かっている。

「犬飼さん、騒がしくてごめんね。コイツが度々話に出てくる従兄弟の一郎」

「……」

犬飼は、突然やってきた一郎を見て目をぱちくりさせた。

「イヌカイさんって名前なんだ。かぁっこいいねぇ」

一郎がこたつを挟んで俺と犬飼の前にぺたんと座った。その髪の毛がもふっと揺れる。犬飼の視線の先は彼の髪の毛だ。

一郎も羊獣人だから、髪の毛も羊毛で白くてもふもふしている。俺は毛量が多くて手入れが面倒くさいけど、一郎のは丁度いい毛量だと思う。

おしゃべりの一郎は、ベラベラベラとシェパードの魅力について語り始めた。話し始めると長いのだが……。

——互いに見つめ合いすぎなんじゃないかな。

話し終えて満足そうな一郎はズリズリと足をずらしてこっち側にやってきた。犬飼の背中に触れようと、手を伸ばす。

「————……ん？　羊太くん、どうしたの？」

「む？　あれ？」

気づけば、一郎の手を摑んでいた。

自分でも心が狭すぎて呆《あき》れる。

俺……、この何気ない場面で嫉妬している？　一郎はただ犬姿を愛《め》でようとしただけ。ノンケで彼女持ちだっていうのに。

摑んだ手を離した時、あれっと引っかかる。何故なのかと犬飼を見て、こんなことが以前にもあったことをふと思い出した。

そうだ。松田の個展搬入後の打ち上げで、帰ろうとする俺に松田が手を伸ばした時だ。その手を今の俺のように犬飼が摑んでペッと離したんだ。

犬飼も嫉妬だった？

いつも大人で余裕があるから、嫉妬とは無縁だと勝手に思い込んでいた。

（――今更気づくなんて。犬飼さんのこと、全然分かっていなかった）

「羊太くん？」

一郎と犬飼が不思議そうに俺を見つめてくるが、俺は自分の不思議が解けて勝手に納得している。

「……うん。今、俺の狭ぁい心に聞いてるところだけど、……一瞬、いや五秒くらいなら触ってもいいよ」

「え、なにそれ？」

「それ以上は……」

ヤキモチ焼くのでお触り禁止です。と犬飼の首に抱きつくと、犬飼は目をまん丸くしていた。

それを見た一郎は、不満タラタラにふくれっ面をした。

◇

一緒に暮らしていると、デートの日取りが決めやすい。

休みの日、いつもよりも少し早起きして犬飼と家に出る。犬の姿だと交通機関が不便かと思い、レンタカーを借りたのだ。

ペーパードライバーなので、前日に動画を見て予習していたのだけど、慣れない運転には危険が伴う。

流石《さすが》の犬飼も「ワンワン！」と吠《ほ》えることが二回あった。

途中、ジェラート屋の看板が目に入ったので、そこで休憩することにした。ガチガチに緊張して運転していた身体を背伸びして、ほぐれさせる。

店の前にはベンチがあり、買ってきたジェラートを二人で分けた。産地直送の新鮮なオレンジで作られているそうで、豊かな風味を感じる。

ここ数日、アーンしても犬飼は不貞腐れなくなった。ちょこっと、にやって感じで笑うところが人犬飼と同じでドキリとさせられる。

小休憩を挟みながら、ようやく目的地の海に着いた。

三月の海は潮風が冷たくて、車から出るとブルリと震える。

でも、大きな砂浜、広い海はテレビで観たまんま。天気がいいからとても海は澄んでいる。

ザザン、ザザン……。

波打ち際の音が静まり返ったその場に響く。

「誰もいないねぇ」

最近、ずっと犬飼と二人っきりだった。狭い部屋と狭い店では、必然的にくっついちゃう。けど、海辺は広いのにくっついていることがおかしく感じる。

「あ、そうだ、遊ぼうよ！　じゃじゃーん」

へへんとリュックから取り出したのは、薄い円盤のフリスビーだ。

ジト目の犬飼。全然喜ばれなかった。

「いやぁ、犬飼さんをペット扱いするつもりはないけど——遊ぶにはもってこいでしょ！」

言いながら、試しに投げてみると、犬飼の身体が反射的に走った。

パシッとフリスビーを口で咥えた。

また投げてみると、またパシッ。

どこに投げてもパシッ、パシッって、めちゃんこ拾ってくれるじゃん。

「ふふ……はは。犬飼さん、おっかしい！　身体が勝手に反応するの⁉」

いつの間にか、犬飼の尻尾がブンブンと横振りになっている。それに気づいた犬飼がハッとするけれど、尻尾の動きは止まらない。

「あっはは！」

あまりに笑ったからか、犬飼が俺に向かって突進してきた。

受け止めきれなくて砂浜にそのまま倒れる。

ベロベロと顔中舐められるので、「あは」「あは」と笑いが止まらない。笑うともっと舐めてくる。

（あー……、そういえば。俺、犬飼さんに好きだって言ってなかったなぁ）

あんなにキスして、それ以上もしているのに……、言葉にしていなかった。

今更ながら、一番大事なそのことに気がついた。

「光正さん、好き」

「……」

「へへ、俺、ちゃんと光正さんのことが好きだからね」

するると、ペロペロしていた犬飼がピタリと止まって、こちらをジッと見つめてくる。優しい瞳。

どちらの姿だって、包み込んでくれるような優しさで、一緒にいるとじんわりぬくくなる。

「人でも、シェパードでも大好きだよ」

伝えるとまた口元を舐められた。

(うん、やっぱりキスは人間の姿の方がいい。今度は人の光正さんとキスがしたい)

そう思いながら、彼をぎゅっと抱きしめた。


帰り道は運転に慣れたおかげで随分早かった。家に無事に着くけれど、互いに砂まみれだからすぐにでもシャワーを浴びたい。

一直線に脱衣室へ向かって上着を脱いでいると、背後からそれを手伝う手が伸びる。

骨ばった長い指が見えて振り向くと、艶やかな黒髪、逞しい身体……あの美貌の犬飼が俺を見つめていて、犬と同じようにペロッと唇を舐めた。

ペロ……ペロ。

「ふ……、人に戻って？　よかったねぇ……くふふ、はは……。くすぐったい」

「嬉しかったです」

「……」

その言葉と一緒にキスが深まる。

砂まみれの俺は、後ろ手で浴室への扉を開ける。キスを止めようとしない犬飼だが、シャワーには賛同のようでキスしたままシャワーを浴びた。

唇を離さない彼に笑う。

すると彼が俺の身体を撫でた。熱い手の感触にすぐに身体が熱を持ち始める。

「……あん」

声の響きのよさに慌てて、しーっと指を口に当てると、彼がいたずらっ子のように笑う。

「っふふ……」

シャワーの水で音をかき消しながら、犬飼はそれは嬉しそうに俺を抱いた。

◇

目を覚ますと、犬飼は珍しく人間姿で俺に抱きついて眠っていた。

昨日、シャワーのあと、ベッドに戻ってからもくっついたままだった。

声が漏れないように上布団を被っているのがおかしかったっけ。

笑い合って気持ちよくなるのなんて初めてで、やめられなくて、シャワーを浴びた意味なんてないほどドロドロになった。

スースーと彼の寝息を聞いていていると、俺もウトウトと眠くなってくる。
眠っている彼をもう少し見ていたいけれど……。
温かい彼の胸にすりっと頬擦りして、目を閉じた。

その後の話

◆◆◆その後1　デート◆◆◆

「あらまぁ、そんなにお洒落《しゃれ》しちゃって、犬《いぬ》ちゃんとデートかい？」

店が定休日の朝、鏡の前で服装チェックをしていると、祖母がニマニマと笑う。

オフホワイトのワイドパンツ、薄いニットとシャツ、黒いベルト、こげ茶色のロングコート。真っ赤な靴下。靴は黒色の予定。髪の毛は右サイドだけ編み込んで、左はふわっとさせている。

朝から何度も鏡の前に立って、全身チェックしている。

うん。きっと傍《はた》から見てもヤル気モリモリだって分かるよね。

「まぁね……。今日は光正《みつまさ》さんに洋服選びを頼まれたんだ」

「ふぅん、犬ちゃん、充分お洒落さんだけどねぇ。シックな感じで、おばぁちゃんは好きだけど」

祖母の言う通り、彼はスーツも私服もお洒落で、変だなんて一度も思ったことがない。

でも……。

「実は、光正さんが着ている服って、店員さんのオススメなんだって」

「へぇ」

「これはほんの二日前に電話で話した内容なんだけど……」

そう、それは二日前。

特に用事がないけど、写真付きのメールが送られてきたので電話をかけた。

なんてことない世間話と、犬飼《いぬかい》が着ていたブランド服の話をしたんだ。

すると、『ブランド物でしたか？　今知りました』と言われ、犬飼の服事情に興味を持った俺は聞きまくった。

犬飼には行きつけのショップが数軒ある。

接客があまりしつこくない店というのが、犬飼にとってのショップ選びのポイントらしい。

『店員が勧めてくるのはどれも派手なので、おすすめの中で一番無難なものを選んでいます』

『へぇ、無難かぁ』

きっと、この無難をチョイスすることが、張り切りすぎない丁度よいコーデを作っているんだと思う。

それがまた、彼に似合うものばかりだから、これはこれで、天然のセンスだ。

『正直、派手でなく着心地がよければそれで……あ、でも羊太《ようた》さんのことは……』

『俺？』

『はい。羊太さんの着ている服は目に入ります。どんなテイストの洋服を着ていても羊太さんって感じがします。センスがいいですよね』

付き合う前から俺が着ている服を見るのが好きで、こっそり眺めたり、同じような服を店で探したりしたそうだ。着るかは別として。

次に会う時は、どんな洋服を着ているのだろう。それを想像することが犬飼の楽しみだと言う。

付き合う前の俺なら、彼が褒めてくれることを社交辞令だと思い込んでいただろう。でも、今は純粋にその言葉を受け入れることが出来る。

『羊太さんの選ぶものが好きです』

電話越しでも分かるその柔らかい声。

――そんな風に思ってくれていたなら、早く素直になればよかった。

いったい、どんな顔して言っているだろう。想像しただけで、胸キュンを通り越して不整脈になる。会いたい、声だけじゃ足りない、顔が見たくなった。

俺のこういうところ、自分でも恋愛体質すぎるって分かっているので言わないでおく。互いに明日も仕事な社会人だし。

最近、俺の中で犬飼への気持ちが少しずつ変化している。

犬の犬飼と一緒に暮らしたのを境に、彼のことを可愛《かわい》いと思うようになった。格好よくて可愛いなんて無敵すぎる。

やっぱり会いたい――声を出したらそう言ってしまいそうで沈黙していると、彼が掠《かす》れた声で囁《ささや》いた。

気持ちを我慢して沈黙していると犬飼も沈黙。

『……近々会えませんか？』

『え？』

『よかったら、俺の服を選んでくれませんか？』

――なんて贅沢《ぜいたく》な頼みごと。そんなこと言われたら、燃えちゃうよって話。

それで今日は、ショッピングデートとなったってわけ。

洋服を選ぶ方がダサいなんてあり得ないから、ヤル気満々コーデになった。

「ふぅん、犬ちゃんから許可を得て、着せ替えを楽しめるってことね」

「ばあちゃん、言わないで。もうウズウズしているから」

そうでなくとも彼とは二週間ぶりに会う。犬姿の一件以来だ。

「あんまり困らすんじゃないわよ」

「分かっているよ。じゃあね」

犬飼に会えることが、前日から楽しみすぎて子供みたいに眠れなかった。

今だって顔が勝手に緩んでしまう。

そんな俺を祖母は楽しそうに見送った。

◇

――おっと。早速……。

犬飼との待ち合わせ場所は、改札口から出て右側の出口すぐ。

少し早めに待ち合わせ場所に到着したけれど、犬飼は既に待っていた。

そして相変わらず、女性に囲まれている。断っているようだけど次から次へと誘われている様子。

人間吸引器……だなんて思っていると、彼と目がパチリと合った。

(あ)

周りを掻《か》き分けて、こちらだけ見て一直線に俺の元に駆けてくる。

(う、なにその俺しか見えていませんみたいなの)

犬の姿で一緒に暮らしていたから、人間姿でも犬の残像が脳内にある。また顔が緩みそう。

「羊太さん」

「お待たせ。早いね、どれくらい待ったの?」

「いえ、それほど待ってないです」

待っていないのに、あの人だかり?

「次は俺も早めに来るよ」

「待ち合わせ時刻、二十分前ですので、充分早いです」

「じゃ、光正さんがゆっくりめに来てね」

互いに待ち合わせは、時間より先に来るタイプか。

今度の待ち合わせ場所は目立たないところにしようと考えながら、ゆっくり街を歩き始めた。

このエリアはハイセンスなセレクトショップが多数並んでいる。珍しい海外アイテムや個性が光る国内ブランド、ここでしか見つからない一点物も多い。

美しく洗練された外観の店が多く、歩いているだけで目の保養になる。

都会のど真ん中だけど、緑があり、人通りはそれほど多くなくて、ゆったりと買い物が楽しめる。

犬飼とデートするならこのエリアだと思った。

「光正さん、着てみたい洋服のイメージってある？」

今日行くショップは目星をつけているけれど、念のため、犬飼の要望も聞いておく。

「イメージですか……」

本当に服の質問が苦手なようで、若干苦笑いする。

「羊太さんの色遊びが好きです。……でも自分が着るとなると、よく分かりません」

よく分からない、か。確かに犬飼は黒やグレー、茶色などの無難な色の単色コーデが多い。

でも、顔周りに明るい色を持っていくと、余計彼の顔が引き立って目がいきそう。

（多分、俺が光正さんのコーデを手伝っても今のコーデを作り上げるだけな気がする）

「すみません、参考にならなくて」

「ううん。言いたいことは分かるよ」

歩きながら会話をしていると違和感。ついこの前まで犬姿で一緒に歩いていたので、視線の高さが全然違うんだ。

「羊太さんが小さい」

「それ、俺も思っていた。光正さん大きいなって」

「……元に戻れてよかったです」

「――俺は、たまに犬姿の光正さんと遊びたいけど」

包《くる》まって寝たり、風呂に入ったり、ご飯を食べたり、日常を一緒に過ごせて楽しかった。

改めてそう伝えると、犬飼の眉間にシワが寄る。

「こっちは滅茶苦茶我慢していたんで。風呂では裸で抱きついてくるし。キスしてくるし。手を出したくても無理なのに……あれは苦行でした」

あぁ、だから風呂に入ると、いつもどこかムスッとしていたんだ。

唸《うな》り声をあげるので、怒っているのかと思っていた。そんなオチでホッとして笑ってしまう。

「ははっ……」

「羊太さんは俺にどう見られているか、もっと自覚してください」

「…………は」

抱きつくなら人間の姿の時にどうぞ、と耳元で囁かれ、一気に汗が噴き出てくる。

人間姿の犬飼と風呂……二度ほど入ったことがあるけど、そうなったら、絶対それだけじゃ終わらない。

真っ昼間からスケベな想像をしてしまい、目を泳がせて口をチャックすることにした。


それから五分ほど道なりに歩くと、とあるガラス張りの店に着いた。

俺が足を止めたので、犬飼がここかとドアを開けてくれる。

装飾品のあまりない空間、丸いガラス電球、シンプルな木の棚には若手クリエイターが紡ぐ素材を生かしたシンプルなデザインが並んでいる。

決められたデザインから袖の長さや襟首、素材など一部分カスタマイズすることも可能だ。

豊富な素材の中、白いTシャツを一枚手に取って犬飼に宛がった。

「意外って顔しているね。それとも派手なブランドショップに連れていってほしかった？」

「いえ」

ミーハー心では色んな格好を犬飼にさせたいけどね。

「まぁね、ド派手も、ブランド物も大好きだけど、今回は光正さんが好きそうなので選んじゃった」

「……好きそう？」

「実は分かっていないだけで、洋服だって自分の好き嫌いをしっかり持っているタイプだよ。あ、これもいいね」

犬飼に洋服を宛がいながら、あれやこれや選んでまずは試着してもらうことにした。

フィッティングルームは鍵がついた個室タイプになっている。

店内には他の客もいるから、外で彼の着替えを一着一着確認していたら人目につく。

それなら一緒にフィッテングルームに入ってしまえと思って、犬飼と二人で個室に入った。

早速だが、どんどん着てもらいたい俺は、犬飼に服を脱いでもらって、選んだものを彼に着てもらう。

少し大きめシルエットのデザイン。

しっかりと筋肉がついているからダボッとしすぎない。

抜群のスタイルだと、何を着ても似合って、あれもこれも着せたくなる。

「黒のイメージだけど、白も……」

ただ、彼が服を脱ぐ度《たび》、目が泳ぐ。

着てもらった服の感想とか言いたいのに。

「明るい色も似合う、よ」

まだまだ試着してもらいたいのに……言葉が詰まる。

犬飼と密室。

――間違えた。こんな場所でも恋人と密室になるものではない。

おかしな反応をする俺が悪いけど、顔が赤くなる。

彼と手が触れた時、その手を過剰に引いてしまった。

「羊太さん……、どんな顔しているか分かりますか？」

「…………」

下を向いたのに、両頬《ほお》を挟まれて顔を上げさせられる。

俺の反応のせいで、犬飼も変な気分になったようだ。色っぽい顔をしている。

「すけべ」

「ごめ……」

最後の「ん」は犬飼に唇を塞がれた。こんな場所なのにディープキス。

歯、上顎、一つ一つどこをなぞっているか分かるようなゆっくりとした動き。その舌を追い出そうとすると、逆に絡められて深くなる。

「……ふ」

舌を吸われて、甘噛《が》みされると身体が熱くなって、抱きしめられるとウットリする。このままもっと深くくっつきたくなる気分。

「やめないと、ですね」

口づけの間、小声で囁かれる。

「…………………うん」

「……」

軽くちゅっとキスされて、外で待機するように言われてしまった。

フィッティングルームをふらふらと出たあと一つ呼吸し、自分が情けなくて顔を手で覆った。

「どうかされましたか？」

「あっ、いえ」

店員に声をかけられて、なんでもないと慌てて誤魔化す。怪しまれないように店内にある服を見る。

……あれもこれも犬飼が着れば似合う服ばかりだ。

折角本人の許可をもらって着せ替え出来るチャンスなのに。この逸材の着せ替えを楽しむチャンスは二度とやってこないかもしれないのに。

服よりも犬飼自身が気になって仕方がないなんて――……。

結局、何も買わずショップから出た。犬飼は俺と買い物すれば、店員が寄ってこないと喜んだけど、俺としては中途半端な結果で不満だ。本来ならこのあと、二軒目に寄ってリベンジしたい。しかし……。

「あのさ……服、今度でもいい？」

「え？」

犬飼の指をキュッと握る。

今度また犬飼の服を一緒に買いにいきたいと伝えた。

それで、なんで今度がいいのかって、今からはどうしたいのかってこと。

犬飼は眉間のシワを寄せ、口角がヒクヒク上がっているのを手で隠す。

「……犬の姿でなくてよかった」

耳はピンと尖《とが》って、尻尾はブンブン横振りしそうだと彼が言うので笑ってしまった。

◇

ガタン、ガタン……。

——我《わ》が儘《まま》を言って、ショッピングデートを超短くしてしまった。

犬飼のマンションに向かう電車の中で、服を買う時間くらい我慢できないのかと考えれば考えるほど恥ずかしくなり、ずっと俯《うつむ》いていた。

でも、駅の改札口を出た辺りから、犬飼と二人っきりでゆっくり出来ると思うと胸の内が熱くなる。

——……シェパード犬飼との二週間。

あの時は、家にいるほとんどの時間を一緒に過ごしていた。気を使うと思っていた犬飼との生活は、犬姿とあって初めから緊張せず自然体でいられたけど、穏やかで想像以上に居心地がよかった。

元の生活に戻った時、少しだけ部屋が広く感じた。

その感じは……祭りやイベントが中止になって、ワクワクが一つ減ったみたいな物足りない気分に似ていた。

それで分かった。あぁ、自分は思った以上に犬飼との生活が楽しかったのだなって。

すぐに会いたくなるけれど、互いに忙しく、一日まとまって会うなんて出来ない。それは仕方がないことで——だからこそ、俺は今日って日が滅茶苦茶待ち遠しかったのだけど。

（まずいなぁ、服屋よりも浮かれちゃっている……）

途中、犬飼が行きつけにしている惣菜屋《そうざい》に立ち寄って、今夜のおかずを買う。駅からさほど遠くない距離にあるマンションまでの道は、ふわふわと地面が揺れて感じた。


「どうぞ」

「お邪魔します」

パタンと扉を閉めると、犬飼は俺の頭にキスを落とした。甘くて、急に二人っきりの空気に変わる。

いつものパターンだと、唇にも濃厚なキスが来る。

身構えて、ドキドキしながら、ぎゅっと瞼《まぶた》を閉じた。——けれど、そんなことはなく、彼は俺の腰に手を回して、リビングへと移動した。

相変わらず殺風景すぎるほど片付いた部屋。

ソファに座るよう促され、犬飼は俺に背を向けてキッチンへと向かった。先程買ってきた惣菜を冷蔵庫に入れて、飲み物の有無を聞いてくれる。

「え……、と」

本当のところ、頭の中は犬飼のことばかりで、飲み物なんかはどうでもよかった。

でも、キッチンの前に立つ彼は冷静そうに見えて、理性が戻る。

恥ずかしい。――ちょっと落ち着こう……。

「じゃあ、珈琲《コーヒー》で」

「はい。甘い菓子もあるのでよかったら」

犬飼がケトルに湯を沸かし始める。彼の横には洋菓子らしき箱が置いてあった。わざわざ用意してくれたのだろうかと思いながら、静かに待っていると、ケトルから白い湯気が立つ。

コポコポと沸騰する音が静かな室内に響いて、いい音だなと思っていると……。

「はぁ〜〜〜〜」

と、犬飼が超大きな溜《た》め息をついた。

その超大きな溜め息は故意ではなかったようで、そのあと、「あ、失礼」と慌てて犬飼が謝った。

「どうかした？」

「………いえ」

彼が言いにくそうな顔をして「堪《こら》え性がなさすぎる……」と謎の言葉を呟《つぶや》きながら、沸騰するケトルを止めた。

キッチンから回ってきてソファに座っている俺の目の前に来る。

「抱きしめてもいいですか？」

真顔の中に隠れていない欲情がハッキリと見えてゾクっとする。

そんなこと許可なんていらないのに。

なんで言うのかと不思議に思いながら、ソファから立ち上がって、彼の背中に腕を回す。するとその彼の身体が少しだけ揺れ、ゆっくり包み込むように抱きしめ返してくれる。

「……」

嬉《うれ》しいけれど、すぐにそんな穏やかな抱擁だけじゃ物足りなくなる。

犬飼も同じ気持ちだったようで、どちらからともなく唇を近づけて重ね合った。

さっきショップでも思ったけれど、犬飼とのキスって、凄《すご》く興奮する。

柔らかくて弾力があって——その内側は熱く濡れている。

粘膜同士の触れ合いも刺激が強いけど、それだけじゃなくて香りとか吐息とか、超至近距離の彼の表情とか。

キスは彼の情報がいっぱい伝わって、脳みそがトロトロと溶け出しそうになるのだ。

じわじわと身体を巡る快感に身を捩《よじ》ると、太腿《ふともも》に下半身が擦《こす》れた。

「みっ……ふぅ、ん」

「……」

するとく、腰を支えていた彼の手が俺のズボンと下着の中に侵入してくる。キスだけで反応している性器を手でぐにぐにと揉《も》まれる。

「——っ……」

その刺激は本格的にマズイため、服をぎゅっぎゅっと引っ張って伝えるが、犬飼は止まらない。そうこうしている間に自分の下半身から濡れる音が……。

「……ふっは……だ、め」

首を横に振ると、犬飼が少し唇を離した。

不服そうに、拗《す》ねるような視線の強さは〝したい〟と伝えてきてゾクゾクする。

「だって、濡れ、ちゃうし」

「……」

恥ずかしくて、ごにょごにょと小声になってしまった。犬飼にはちゃんと聞こえなかったようで、返事がない。

「だから、っ……光正さんのキスだけで、毎回下着はビチョビチョに濡れちゃうの！」

「……」

下着は手遅れ。でも、ワイドパンツならギリギリセーフ。

彼が性器から手を離した隙にそれらを脱いだ。散らかすのもどうかとそれを軽く畳むと背後からぎゅむっと抱きしめられる。

「――煽《あお》らないで」

「え？」

――煽る？

ゴクリと耳元で彼の喉の音が聞こえた時、俺の身体はひょいっと抱き上げられた。


あっという間にベッドの上だし、あっという間に互いに裸になっている。

マジックとか魔法とかそれくらいのレベルの早業に驚いていると、彼の大きな手のひらが胸や腹を大きく撫《な》でてくる。

快楽を拾いにくい部分でも〝セックスの時間〟だと敏感に快感を感じ取ってしまう。それに犬飼の情欲に濡れた視線だ。凄く厭《いや》らしい気分になって、小ぶりの乳首はぷくっと膨らんでしまう。

「は……はぅ……」

自分の変化が恥ずかしくて、胸とか股間とか手で隠したくなる。

膝を立てて足を閉じると、強引に両足を開かれ、〝ダメ〟というように耳を甘噛みされる。

ガブガブと噛んでくるのは、興奮した時の犬飼の癖だ。

――甘い愛撫《あいぶ》と彼の熱で奥を嬲《なぶ》られている時に甘噛みされるから、すっかりそれが気持ちいいことだと覚えてしまったのだ。

じゅわっと噛まれたところから快感が伝わる。

「あっ……ん」

ヒクンと跳ねる性器を、彼の手が包み込みように亀頭からねっとりと扱《しご》いてくる。

「はっ、――あうぅ……あっあ……」

彼の手が上下に動く度、グジュグジュと湿った音。

鈴口をグリグリと指で弄《いじ》られて、腰が厭らしく浮いてしまう。

「俺も、触りたい……」

自分だけが気持ちいいのは嫌で、彼の性器に手を伸ばし、上下に動かす。自分よりも縦にも横にも大きいため、片手では気持ちいいのか不安になって両手で包む。

「っ、羊太さん……」

犬飼も気持ちよさそうな表情をしている。彼の反応も自分の興奮材料になって、彼を置いて簡単にイってしまった。

「あぁっあ……あ、ぁ……う、はっ……はっ……」

「はぁ……色っぽい」

ペロリと口元を舐《な》められる。

犬飼との色気勝負なら全敗する自信しかないと思っていると、彼がベッド上にあるローションを持って自分の手と俺の尻にそれを垂らした。

「あっ――……んん」

待ってと言う暇もなく、尻の窄《すぼ》まりに指を挿《い》れられた。射精したあとは敏感になりすぎるというのに、気持ちよくなる場所を指で的確に触れてくる。

そこに触《さわ》られると、どうしようもなく下半身がジンジン疼《うず》く。さらに乳首を舌で嬲られると堪《たま》らない。

「ふぁっ……あっ……まっ、あ、ぁ……んっん」

快感から逃げるように腰を引いているからか、彼はちゅっちゅっと宥《なだ》めるようなキスを降らし、俺の顔を覗《のぞ》き込んできた。

それはギラギラした欲望を隠そうともしない雄《オス》の表情だった。俺を食べたいのだとその目が訴えてくるかのよう。

（……う。その目で見つめられると、身体が動かなくなる）

「羊太さん、駄目ですか？」

そんな風に懇願されると、胸がキュンキュンときめいて苦しい。

「っ、ぁっ……んん。ちが、う。駄目じゃぁ、ない。……っ、してほしい」

駄目などではない。自分も犬飼と繋《つな》がりたい。それを伝えると、彼は鳥肌が立つほど艶《なま》めかしく微《ほほ》笑《え》んだ。

「……はい」

「あっんん、でも、っ、ゆっくり……して」

「はい。ゆっくりですね」

一度、指を抜いて息が整うのを待ってもらえたらそれでよかったのだけど、中に挿《はい》っている指を出し入れする速度を遅くしただけだ。柔らかく中を掻いて指の腹でしこりをぐぅっと押してくる。

下半身がズンと重たくなる。

「はっん、あ、あ、あ……」

これはゆっくりではなく、ねっとりだ。

（ねっとりじっくりコース。……俺、イかずにいられるかな……）

そこを拡《ひろ》げないと犬飼と繋がれないことは分かっているけれど、気持ちよくて快感を逃がすことに一《ひと》苦労する。

「……っ、俺、もう……ん」

横たわる彼のドクドクと脈打つ屹立《きつりつ》に触れるけれど、二本、三本と増えていく指が器用に動き、翻弄されて、気がつけば手が留守になる。

これでは、彼が全く気持ちよくないだろうに、なのに、彼はじっくりと丁寧にそこを解《ほぐ》している。

「ふ、ぁ、……光正……さん、もう、いい……解れた、から」

「もう少し」

「っ……っ、もう、あ、あっ……充分……ん、だ、からっ」

「……」

分かってと涙目で睨《にら》むと、犬飼が俺の全身を見て奥歯を噛みしめた。ふーふーっと獣みたいな荒い息をしながら、くるりとひっくり返される。

「ふぁ!?」

犬飼は俺の腰を高く上げると、蕾《つぼみ》に怒張する熱を宛がった。解れ方を確認するかのように先端だけを埋め込む。大丈夫だと判断した彼はゆっくり奥まで押し込んできた。

「あぁあぁっ！　ん、――んんっ」

熱すぎる熱と太い幹の圧迫感に拓《ひら》かれて、受け入れている箇所が甘く痺れる。気持ちよさがそこから身体全体に広がっていく感覚がした。

（よかった……なんとか我慢できた）

焦《じ》らされすぎると、この瞬間に果ててしまうことがある。今日はなんとか我慢できたと安堵《あんど》していると、犬飼が身を倒して俺をぎゅうっと抱きしめた。

「あっやぁ……」

繋がった箇所《かしょ》がぐっと深くなって、折角の我慢が水の泡。ピュッピュ……と白濁を漏らしてしまった。

「あ、あ……ぁ、あ……あ、出ちゃ……た」

「――っ、羊太さん」

犬飼が俺の名を熱っぽく呼んでくれるけれど、恥ずかしさで振り向けない。すると、俺の首やら肩にキスを落としてくる。俺の中にいる熱もゆっくりと動き始めた。呼吸が整わないうちから、また喘《あえ》ぎに変わる。

「んっ」

シーツを持っている手が重ねられる。

馴染《なじ》むような動きから徐々に速くなっていき、荒々しくなっていく。体重差もあるから、俺の身体は大きく揺れる。

この激しさが犬飼の余裕のなさの表れのように感じ、愛《いと》おしさを覚えていると、彼が息を飲み、ブルリと震えた。

彼が果てたのだと気づいたけれど、俺の中から去ったのはゴムを取り替えた僅かな間だけで、すぐにまた屹立を挿入される。

「……ぁ、ん」

ぽつ――。と背中に水滴が落ちて、はぁっ、と熱い吐息が肩に触れる。

「羊太さんの中、熱くて凄く気持ちいいです。……今度はゆっくりしますので」

「はぁ、はぁ……、……ゆっくり？」

「はい」

ゆっくりがねっとりだと知っているので、思わず腰が逃げてしまう。――すると宥めるように頭にキスを落とされる。

「欲しいです。……駄目ですか？」

「……っ」

（だから、その目に弱いってば……）

胸元に手を持っていき、そこでぎゅうと握りしめた。

気持ちよくて困っているだけで、駄目かと聞かれれば全く駄目ではないのだ。

おずおずと振り返って、彼を見つめる。

「う……。駄目ではないです」

思わず敬語になってしまった。

「ふっ」

犬飼は、息を吐くように笑って、ペロリと舌なめずりをした。その雄っぽい表情はクラクラするほど官能的だ。

〝待て〟ではなく、〝ヨシ〟のサインに犬飼の手が大胆に厭らしくなる。大きな手が背中のラインに沿って動き、胸の尖りを摘《つま》んだり、撫でたりする。

彼の熱を中に含めたまま、たっぷり弄られるものだから堪らない。

快感から逃げようとして、身を捩るくらいしか出来ない。しかも、引けた腰はすぐに彼の方に引き寄せられる。

「あっはっ、あんっ」

蕩《とろ》けた身体は思った以上に彼を深くまで咥《くわ》え込んでしまい、随分、奥の方まで彼の熱を感じる。そこで、グリグリ動かされると、身体が小刻みに震え、目がチカチカと点滅して……。

「へ……ぁ？」

呆然《ぼうぜん》としている間に、熱塊がやや抜けて、今度は腹側の気持ちいい箇所に角度を変えて、ゆっくりトントンと突いてくる。

「今度は、羊太さんの好きなところ、ゆっくりたっぷり」

「あっ、あ……っ、それ、ねっとり、っ……や」

ぐちゅ……。

先程、ローションを追加されたのだろうか、突き上げられる度に濡れた厭らしい音が響く。ゆっくりとした律動のおかげで心地いい波のような快感がずっと押し寄せてきて、脳みそがトロトロと溶けていくようだ。

「――ぁあっ、あ。おし、り、へん……」

きゅうきゅうと内部が勝手に疼き始めて、そこでも絶頂を感じようとしている。揺さぶられる度に甘くて重い響きを感じ、内股が震える。足に力が入らず、支えきれなくてベッドに突っ伏した。

そこにぐ――と剛直を押し込まれると、酷《ひど》い気持ちよさが襲ってきて中でイってしまった。とても深くを剛直で擦られるので、喘ぎ声も音にならない。俺の身体をぎゅうっと抱きしめながら、犬飼も俺の中で果てた。

はぁはぁ。

「すみません」

――すみません？

荒い息をしながら何も考えられず、何の謝罪だろうかと横目で彼を見ると、汗ばんだ身体が軽く覆い被《かぶ》さってきた。

「またがっついてしまいました。いつも余裕がないですよね……」

彼の熱がまだ俺の中にあって、はふはふと息を大きくしながら犬飼の話に耳を傾ける。

彼は余裕のあるところを見せたいと思っているそうだが、毎回興奮で理性が崩れてしまいガツガツしてしまうのだとか。

「興奮を抑えきれず……今日も」

自分が最中に思っている犬飼と今言っている言葉が若干ズレているので、上手《うま》く頭に伝わらない。

――けれど、彼の声はやっぱり耳心地よくて、うっとりしてしまう。

「ん。気持ちいいことだけしかされていないよ」

「……」

「いつも、凄く、気持ちいい」

汗ばんだ皮膚同士がしっとり触れ合うと、ジン……とする。

この感覚は、愛おしさとか感動とか、そういうよく分からないモノが組み合わさっているような気がする。

目の前に見える、長い指に自分の指を絡めた。

人肌が心地よすぎて、このまま惰眠を貪ってしまいたい。

セックスしたあとってどうしてこんなに眠くなるのだろう。

目を閉じてまどろみの中で伝える。

「それに俺、光正さんにがっつかれるの、好き――……ん……んっ？　へっ⁉　――え、んぁ⁉」

彼の熱が俺の中でグンと育つ。急な圧迫感に閉じていた目を開いて振り返ると、腰をワシッと摑《つか》まれた。次に目も覚めるような気持ちよさが身体に走る。

「これは羊太さんのせいでしょう」

「んぁ……へ？」

がっつかれるのが好きだと言ったのは、余裕のなさが一緒でいいなと思って言ったのだと急いで訂正したけれど無駄だった。

俺に飢えているという彼に、ガツガツと貪られてしまった。

その後1、デート編　END

◆◆◆その後2　酔っ払い犬飼《いぬかい》◆◆◆

――今すぐ、会いたい。

やけにいい声が耳を直撃して、持っていた携帯をボトリと落とした。

突然の甘さに酷《ひど》く動揺する。

ドッドッ……と自分の高い心音を聞きながら、携帯を拾って聞き直した。

「光正《みつまさ》さん、ど、どうしたの？」

腰砕けになりそうな犬飼の甘い声。それに緊張して自分の声が上ずってしまう。

彼に言われたら、自分だって会うのはやぶさかでない。今日はもう仕事を終えているし、予定もない。

「今すぐ、会いにいこうか？」

返事を聞く前に外出用の服を手に持つ。だが、次に聞こえた声は知らない人のものだった。

『あー……。うん、悪いね？　君が誰か知らないけど、今から言う場所に来てもらえるかな？』

……――誰？

犬飼との通話は落とした時に切れたのかと思い、携帯画面を見るけれど、通話は繋《つな》がったままだ。

怪しみながら誰かと聞く声は、思ったより低くなってしまう。

電話の男は『これは失礼』と軽く謝った。

『犬飼の同僚で湯沢《ゆざわ》といいます』

「――湯沢さん？　……あぁ、犬飼さんからお名前を伺ったことがあります」

湯沢は犬飼が休職した際に、担当案件の引き継ぎを受けてくれた人だ。犬飼の人間関係はまだあまり知らないが、唯一その名だけは聞いたことがあった。

『本当かい。俺の話をするような仲なら話が早い』

助かるよなんて、まだ一言も話を聞くとは言っていないのに、湯沢は軽快な口調で事情を説明し始める。

それを聞いて携帯片手に指定された場所に急いで向かった。


週の中日でも繁華街は人がそれなりに多く、サラリーマンやＯＬ、カップル、様々な人達とすれ違う。看板も店内の光も明るくて、とても賑《にぎ》やかだ。

その賑わいから少し離れた場所に屋根付きのバス停がある。

遠目から二人の男性の背中が見えた。

犬飼ともう一人の男。

中肉中背、同年代と思われる横顔、電話で聞いた話し声。彼が湯沢かと思いながら近づくと、バスがやってきた。

そのバスに乗り込もうとする犬飼の腕を湯沢が掴《つか》んで止めている。

「犬飼！　殺人できそうな色気でバスに乗る気か!?　やめとけよ」

「……」

「お前、天然の魔性なんだから、気をつけろって！　くそ、変に力が強い！」

電話で簡単に説明を聞いていたけれど、困っている状況が見て取れる。急いで、バス停にいる二人に駆け寄った。

「湯沢さん、先程お電話頂きました温井《ぬくい》です。――あ、運転手さん、結構ですので」

バスの運転手に声をかけながら二人を見ると、彼等も俺を見た。

（げ。これは……）

犬飼の状態を見て、勝手に頬《ほお》が引きつる。

潤んだ瞳、上気した肌、艶《なま》めかしい表情……物凄《ものすご》い色気。

確かに湯沢の言う通り、こんなお色気でバスなんかに乗ったら乗客がびっくりしちゃう。さらにこのバスは犬飼のマンションではなく、手芸店がある商店街行きだ。

「君が温井くんか。来てくれて助かった………え？」

犬飼が湯沢の腕を剝がし、ふらぁふらぁとこちらに近づいて――もふんっ！　と俺の頭に顔を突っ込んだ。

「……」

――デジャヴ。

電話でも聞いた通り、完全に酔っ払っている。

犬飼の様子を見た湯沢は驚きを隠せないように目を見開いた後、腕を組んで興味深そうに俺達を眺める。

「驚いた。君に電話をするまでは色っぽい鉄仮面って感じで、そんなんじゃなかったんだけどな」

「え、鉄仮面？」

「そう。接待後はスイッチが切り替わったように何を言っても無言。色気に誘われて近寄ってくる女たちはフル無視。……だったけれどなぁ」

スンスンスン……。

今度は猛烈に俺のことを吸っている。もうすぐ頬擦りしそうな雰囲気だ。

てっきり酔えば、俺以外にも手を出すのではないかと思っていた。こんなお色気が抱きついてくれば、誰だってムラムラの一つや二つする。肉食系女子の格好の餌食だし、結構それが嫌だったのだ。

でも、――実は、この状況は俺に対してのみ？

（ヤバい。……嬉《うれ》しいかも）

犬飼を心配して来てみたものの、嬉しい誤算。

「君、犬飼の恋人かい？」

「……」

そう言われて、初対面の人に正直に話していいのか困惑していると、「答えなくていいよ。勝手に言っただけ」と言われる。

「いやぁ、本当に驚いているよ。ほら、会社の犬飼って、馬鹿《ばか》真面目で完璧マンだからさ」

「完璧マン？」

「そう。見ていてヒヤヒヤするくらいきちんとしていてさ。さらに息抜きも下手そうで、いつかプッツン切れるんじゃないかと思っていたよ。ストレスで病欠したって聞いた時も、あーついにって納得したんだよ」

湯沢は俺の頭に顔を埋《うず》めたままの犬飼を見て、微笑《ほほえ》んだ。それから何か思い出したように会社の話を始める。

犬飼が休職届を出して会社を休んでいる間、ちょっとした出来事があったらしい。

完璧主義者やロボットなどと陰口を叩《たた》いていた奴等《やつら》ほど犬飼に頼りまくっていたことが明るみに出て、泣いて残業していたそうだ。

「でもさ、思っていたより早い仕事復帰だったから結構心配していたんだ」

今日の接待は、犬飼が仕事を休んでいる間、担当が湯沢に替わった件についての謝罪だった。先方は犬飼を気に入っていたから長引いて、その分、飲まされる酒の量も多くなっていく。病み上がりに謝罪の席なんて作る馬鹿真面目さにも、湯沢はヒヤヒヤしていたのだそうだ。

「でも、今のこの様子じゃ平気そうだな。君が犬飼の癒しだろう？」

「いえ……その、違うと思います。俺は何もしてません。してもらうばかりで……ぐっ」

ぐっと息が詰まったのは、話している最中に犬飼が俺の身体をこれでもかと強く抱きしめたからだ。

彼の顔は俺の上にあって分からないけれど、目の前にいる湯沢が彼を見て苦笑いしている。

「……すげぇ、睨まれている。そんなに怒るなよ。はは……俺、帰るよ……」

あ。帰れるかい？　と最後まで心配してくれる湯沢は、初対面だけどかなり好印象だ。

「はい、大丈夫です」

抱きつく腕が苦しいくらいだから、ちゃんと頭は下げられないけれど、少しだけ頭を動かして、湯沢とは別れた。

◇

それからタクシーを呼んで、犬飼のマンションへ向かった。

犬飼は酔っ払ったままだけど、俺が歩くと同じように歩くし、鍵を開けてと言うとマンションの部屋を開けてくれる。

俺に抱きついて離れないけれど、それ以外の指示は聞いてくれる。

「はい、光正さん、靴も脱いでくださーい」

靴も自分で脱ぐ。立って靴を脱ぐと片足立ちになるため、酔っ払っていると難しいと思うけれど、体幹がいいのかふらつくこともない。

酔っても足に来ないのはある意味凄いなと感心しながら、俺も靴を脱いだ。すぐにもふっと頭に顔を突っ込まれる。

「はは」

靴は脱げたし、マンションの中だし、もういいかと思って俺も犬飼の身体を抱きしめた。

お疲れ様と言いながら目を閉じて、すぅ～と彼の匂いを嗅ぐ。

アルコールのそれとは違う彼の匂い。

互いに匂いを嗅ぎ合うって獣人特有の行為だと思う。

暫《しばら》くそれを堪能したあと、彼の方を見上げると蕩《とろ》けた顔がそこにあって、あまりの色っぽさに「ひえ」と喉から小さな悲鳴が出た。

「ええと……明日も仕事だし、ゆっくり休んで。俺はこれで」

これ以上ここにいたらどうにかなりそうな色気だ。彼の腕から離れようとするけれど、ホールドが解けない。

「光正さん？」

「……」

「離して？」

「……」

彼の腕が弱まる気配が一切ない。

経験から状況を考えると、酔っ払い犬飼は自分に都合がいい指示は入るけれど、都合の悪いことは全く入らない。

「うーん……」

彼が寝付くまでは何をしても離れないことが分かった俺は、無駄な抵抗を止《や》めた。

犬飼は酔っ払っているだけ。そう心に念じ、彼の背中をポンポンと撫《な》でる。

（……まぁ、終電に間に合えばいいか）

とりあえず抱きしめられたまま寝室に移動した。寝かせる前に服を脱がせてあげようと思い、上着を取ってハンガーにかけたあと、シャツのボタンを外す。

「ん？」

何故《なぜ》か犬飼も俺のシャツのボタンを外しにくる。

「光正さん、俺は帰んないとだから脱がさなくていいよ？」

「……」

無視か。これは犬飼にとって都合が悪いことなのか。

酔っ払いとは思えない器用な手つきですると俺のシャツを剝がし、デニムパンツのベルトにまで手をかけてくる。

「は、はや……」

たぼっとしたワイドパンツを穿《は》いていたので、ベルトを外すと、デニムの重みで勝手に下にズレる。それと同時に後ろに下がったので、「わ、わ……」と足がもつれて、背後のベッドにぼふんっと倒れてしまう。

倒れ込んだ俺を見降ろす犬飼がウットリしている。

中途半端に脱がしていた服を彼は脱ぎ捨てると、俺の身体の上に覆い被《かぶ》さってきた。

「――……っ、光……ま、うんっ」

彼を呼ぶ声はキスで塞がれた。酔っているからか彼の唇がいつもより熱い。口腔《こうこう》内に侵入してきた舌は歯をなぞり、上顎をくすぐり、まるで遊ぶように俺の舌に絡み付いてくる。

ツンツンと舌先で突いてきたり、くるんと巻いてきたり。

「ふう、ん」

鼻からくぐもった声を出すと、頭をヨシヨシと撫でられる。

キスがそれほど楽しいのか、彼は俺の舌をモグモグと甘噛《あまが》みしながら、ふふっと笑った。

「……ん」

遊ばれているこっちとしては、いたたまれない。

絡んでくる舌を追い出そうとしたら、ちゅうっと吸われる。

「ふぁ」

つんっと脳の奥側に気持ちよさが抜けるような感覚がする。ぎゅっと彼の腕を掴むと、遊ぶようなキスが終わり、情熱的なキスに変わっていく。

キスの深まりと同時にぎゅうぎゅうと俺の身体を抱きしめてくるので、息苦しさと気持ちよさで頭の中がぐるんぐるん、わけが分からなくなる。

「――――はぁ、っ、ぁ、はぁはぁはぁ」

唇をようやく離してもらえ、息を沢山吸い込んだ。

ちょっと涙目になりながら犬飼を見ると、すぐに唇が近づいてくるので、手で彼の唇を押さえる。

「ん。ちょ、と、休憩……」

いつもなら、彼の分厚い腕にこてんと頭を置かせて休ませてくれる。そのつもりで、彼の腕に頭を擦り寄せたけれど、腕を頭に回される気配はない。

「あ……」

犬飼は唇を押さえた俺の手を摑んでペロリと舐《な》めた。

……逃げられないかも。

確実に獲物をロックオンした強い目にギクリとする。

「み、光正さん？」

「……羊太《ようた》さんだ」

はい、俺ですが。……なんて艶めかしい表情で、俺の手を舐めているんですか。この人は……。

うわぁあ、と艶のある犬飼を眺めていると、まだ脱いでいない下着を剝ぎ取られる。

もう既に勃《た》ち上がっている反応が恥ずかしくて足を閉じようとしたが、止められた。

もふもふの下生えを撫でられて、んっと息が漏れる。

「羊太さんって美味《おい》しそう」

「お、美味しそう？」

「そう。どこも、かしこも、余すところなく全部、食べたい」

ご馳走《ちそう》を目の前にしたかのように、彼が舌なめずりをする。どこを食べようかと俺の足から頭までじっくり見ている。

（いやいや、酔っ払いの言うことだし。……意味なんてない？）

なんて思っていたけれど——犬飼の執拗《しつよう》な愛撫《あいぶ》が始まって、全部とか、美味しそうとか、その意味のままだったのを身をもって知る羽目になった。

「ぁ、っあ……ま、て、み、つま……さ、さんっ」

頭から足先まで全部舐められて、弄《いじ》られて、自分の性器からトロトロと透明の液体が漏れている。

特に胸の尖《とが》りには執拗で、沢山舐めて吸われたから、いつもよりもぷっくり腫れて、ジンジンと熱を持っている。

止まって、という声は聞こえない。

ダメ、という声も聞こえない。

触って、と言う声は聞こえる。

「あ、あん」

器用に動く指が内部を掻《か》くので、気持ちよすぎてブルブルと震える。

我慢できないと強請《ねだ》ると、キスをくれながら、ようやく彼の熱塊が内部に挿入される。

「ん、ん……ん」

拓《ひら》かれる感覚に身もだえる。

長大な幹で内壁を擦《こす》られると、快感が走って、堪《たま》らず彼の肩に腕を巻きつけた。彼も俺をぎゅっと抱きしめ返してくれる。そのまま上体を起こされ、ぬぷぅっと思いっきり彼の性器が奥に突き刺さった。

「——……ぁあ、んあっ！　あっ、駄目、っ……あ、座るの、や」

深い。首を横に振っていやいやしているのに、彼は腰を摑む手を緩めない。自分の体重もかかって彼の大きなモノを根元まで飲み込んでしまう。

「大丈夫。もっと欲しい」

大丈夫じゃないから、深いから。そう言っても今日の彼は「もっと」と求めてくるばかりだ。

体重の軽い俺は、彼の腕の中でいいように動かされる。

「あ、ぁ、あ……い、っぱい、挿《はい》ってるよぉ」

気持ちよすぎて怖いから彼の肩に摑まってギュウギュウ抱きしめると、「嬉しい」と彼がキスしてくる。中もビクビクと痙攣《けいれん》しているのに、下から何度も突き上げてくる。もう自分の性器からなんの液体が出ているのか、分からない。

「――……んあっ」

何度も絶頂がやってきて、目の奥がピカピカ。身体が跳ねたけど、腰を摑まれグイッと引き戻される。

「可愛《かわい》いね」

「……ひぅっあっ、んん、んっ……。んっん」

「羊太さんの全部……可愛い」

快感が強くて、瞼《まぶた》を強く閉じていたけれど、薄目を開けた。

犬飼の熱っぽくて優しい目に真っすぐ射抜かれると、快感のしんどさより内臓の奥の方、心臓とかそういうところが満たされていくのが分かる。

「っは」

一際、彼の熱を奥深くに感じて、意識がふわっと薄れていくのを感じた――……。

当然、終電などには間に合わなくて、次に目を覚ましたのは、朝で、犬飼の腕の中で慌てた声を聞いた時だ。

「羊太さん、どうして裸でここに？　大丈夫ですか!?」

「……」

犬飼は、昨夜のこと、俺をベッドに連れ込んだことを忘れていた。あんなドスケベを忘れるとは信じられない。――……いや、自分の痴態を思い出すと忘れてくれた方がいいかもしれない。

「これ、俺が？」

「そう」

俺の全身にはキスマークや噛み痕《あと》がつけられていた。「こんなところまで」と彼は目を見開いて驚いている。

あれこれ心配するマンに変わった彼は、急いで立ち上がると温かいタオルを持ってきてくれ、俺の身体に置いてくれた。

それから、腰をゆったり撫でてくれ、その手の心地よさに、ウトウトと瞼が落ちそうになる。居心地がよすぎて、このまま一日中寝ていたい。

けど、もうすぐ互いに仕事で、俺も帰らなくちゃいけない。

「珈琲《コーヒー》、淹《い》れて」

濃いめで、飲めば目がすっきり覚めそうなやつ。酸味は薄い方がいい。

それだけでは足りないので、何か美味しいものも添えてほしい。卵があれば目玉焼きで、とろっとした半熟にしてほしい。醤油《しょうゆ》もかけて。俺はその間、もう一度寝ます。

「あ、キスで優しく起こして」

注文が多くても今日みたいな朝には許される気がした。

その後2、酔っ払い犬飼　END

◆◆◆その後3　犬飼《いぬかい》溺愛ニュース〔犬飼視点〕◆◆◆

社会人はどうしてこうも飲みの席が多いのだろう。

「犬飼、頼むよ。週末の交流会に参加してくれ！」

昼休憩、屋上からフロアに戻ると、同僚に交流会と言う名の飲み会に誘われた。

接待に新人歓迎会に忘年会、新年会……。それほど酒が強くない自分は勘弁してくれと憂鬱《ゆううつ》な気分になり、溜め息が出そうになる。

「予定がある」

「犬飼の空いている日でいいってば。交流持とうぜ！」

自分の都合に合わせる？

いつもは、一言断ればそれ以上は言ってこないのに、どうしたものかと思っていると、こちらを気にしている女性社員がいた。

（なるほど、彼女達に頼まれたのか）

過去の経験上、女性がいる酒の場はさらに避けたい。肉食系は時に手段を選ばないことがあり、そういう女性は見た目では判断出来ない。回避する方法は二人っきりにならないことだ。

「顔を少し出してくれればいいからさ」

「……別の誰かを誘ってくれ」

それが本当に少しで終わるならば、こちらも悩まない。顔を出せば、ズルズルと長引くに決まっている。

「どうしても犬飼がいいんだよ」

しつこすぎて、そのまま無視して離れようかと思っていると、背後からやってきた湯沢《ゆざわ》にガシリと肩を組まれた。

「号外～！　犬飼光正《みつまさ》溺愛ニュース!!」

「!?」

湯沢が割と大きい声で号外を発表すると、フロア内が「え」の声で包まれ、一気に注目を浴びる。

昼休憩でフロア内には人の姿はまばらだが、一体どういうつもりだと睨むと、湯沢は「まぁまぁ」と口角を上げた。

「犬飼ってばさぁ、恋人にデロデロでメロメロなんだよ。恋すると一直線ってやつ！　リア充すぎて、飲み会とかする時間も惜しいの。ほら、諦めな」

湯沢は助け船を出してくれているつもりなのか、それとも単に騒ぎたいだけなのか。多分前者だと思う。湯沢もまた鬱陶しい――が、自分もこの話題に乗っかることにした。

「そう」

「お!?　だよなぁ……」

「あぁ、メロメロだ。物凄く惚《ほ》れている恋人がいる」

言いながら羊太《ようた》のことを思い出すと、フッと口元が緩んだ。すると、何故かその場にいた者……湯沢まで目を見開いて驚く。

「お……っ、お前！　会社でそんな卑猥《ひわい》な表情するんじゃねぇ!?」

「卑猥？　――湯沢が振ってきた話題だろ？」

「こんの、無自覚フェロモン男め！　自分の顔を鏡で見てから出直してこい！」

「は？」

自分の表情にまで気を使えるか。

でも、この表情が信憑《しんぴょう》性をもたらし、その日の内に〝号外〟が社内で知れ渡った。

◇

騒がしい一日を終え、マンションに帰ると玄関前に〝溺愛する〟羊太がいた。

（珍しい……。いつもは絶対先に連絡をくれるのに）

律儀な恋人が突然来たことに、サプライズプレゼントをしてもらったような喜びを感じる。玄関まで大股で近づいて、羊太に声をかける。

「こんばんは。羊太さん、来てくれて嬉《うれ》しいです」

「……」

「どうぞ、部屋に入ってくださ……い」

語尾が小さくなったのは、ギロリと羊太が俺を睨むからだ。

——怒っている。

これまた珍しいこともあるものだと、驚きのまま彼をしげしげと眺めると、彼は大きな目をスゥ〜ッと細めた。

「光正さん、俺に何か隠しごとしていない？」

「隠しごと？」

洗濯する前の羊太の服を嗅《か》いでいるのがバレて……いや、それは羊太が寝ていた時だからバレる筈《はず》がない。

彼が忘れていった服を未だ返さず、ベッドサイドに置いていることか？

それとも、佳代《かよ》さんに子供の頃の羊太を詳しく聞きまくっていることだろうか。

思い当たる節が色々ある。でも、当てずっぽうで言っていくことは自分へのリスクが高い。

「……とりあえず、部屋の中に入って下さい」

玄関ドアを開けると、彼は頬《ほお》を膨《ふく》らませながらも素直に部屋に入ってくれた。

部屋でもソファに座らず、立ったままの彼を見て本格的に疑問を持つ。

「俺が、何かしましたか？」

「——……とぼけないで。この浮気者」

「浮気？」

完全な誤解だ。

だが、疑われるようなことがあったのだろうか？　考えるが、本当に身に覚えがない。

「全くの誤解です。何故《なぜ》疑われているのか、理由を教えてください」

よく見ると、羊太の目がうっすら赤くなっており、泣いていたことが伺《うかが》える。

「この前、見たもん」

「見た？」

羊太は、先日泊まった後、携帯の充電器を忘れて取りに戻ったそうだ。その時、ここの合鍵を使うロングヘアの女性を見たのだと言う。

羊太が泊まった日と聞いて、すぐに状況が分かった。

「不安になる前に言ってくれれば——……いえ。そうじゃなくてよく聞いてくれました」

穏やかな羊太だが、なかなか溜《た》め込《こ》むタイプだ。

佳代いわくうじうじしてドツボにハマること多いのだとか。器用で人当たりがよくて、普段の彼からは全くそういう感じがないからスルーしがちだが、こういう姿を見ると腑《ふ》に落ちた。

付き合う前、女性関係をよく疑われ、俺のことを信用出来ないと言われたことがあったか……。でも、こういう風にちゃんと声を出して言ってくれることは——関係が前進しているように思えた。

「少し待っていて下さい」

そう声をかけて、奥の部屋にあるクローゼットの中から、アルバムを取り出して持ってきた。

それをめくり、ある写真を見て指差した。

「母です」

海外にいる両親だが、自分が犬から戻れなくなったことを報告すると、後日、心配して海外から様子を見に来てくれたのだ。

「時間が合っていれば、あの時、母を紹介出来たのですが」

「……はは？」

羊太は幼い自分の横に立つ母の写真をマジマジ見つめた後、かぁ〜っと顔を赤らめた。

下を向き、ふわもこの髪の毛をガシガシ掻《か》いて、なんだか自己嫌悪に陥《おちい》っている様子だ。

「ご、ごめん……。信じていなかったわけじゃなかったんだけど……。綺麗《きれい》な人だったし。合鍵使って、部屋に入っちゃうところを見たら訳が分からなくなって」

「……」

身体を低く曲げて、彼の顔を覗き込むと、目にいっぱい涙を溜めている。

そんな彼を抱き寄せて、ポンポンと背中を撫でる。

「安心して疑ってください。その度、違うって訂正しますから」

「疑り深くて、ごめんなさい」

嫉妬深さでは自分の方が勝っているのだが、それは言わずに、柔らかい頬にちゅっちゅっと音を立てて軽いキスを落とす。暫《しば》く続けていると、くすぐったそうに彼は身じろいだ。

「ねぇ、疑われないようにするとは、言わないの？」

「……」

自分の気持ちがあるないに関わらず、誘われることは多い。こうやってまたどこかで見かけて誤解を招くこともあるかもしれない。彼だってそれが半分分かっている言葉のニュアンスだ。

「努力はします。あぁ、そういえば今日……」

会社で湯沢が〝犬飼溺愛ニュース〟を報じた。

自分の記憶にはないが、湯沢と羊太は以前一度面識があるそうだ。それを伝えると羊太は「やっぱりあの人、面白いね」と目を丸くする。

「俺は、メロメロですって答えました」

「っ⁉」

耳元でそう囁《ささや》くと、彼の頬も耳も首筋まで真っ赤になった。

さっきまでの悲しそうな表情は消え「なにそれ」と笑う羊太に嬉しくなる。

「──あ」

「なに？」

唐突に以前、温井《ぬくい》家で見たテレビドラマを思い出した。

少女漫画原作で、男が見るには少々甘すぎる台詞のドラマだった。

恋愛ドラマなどあまり見たことがなかったので、印象が強かったのかもしれない。そのドラマの話を羊太に伝えると、彼も「うん、覚えているよ」と頷いた。

「そのドラマがどうしたの？」

「女性が嫉妬する場面がありましたよね。それで、男が──」

『俺の愛が伝わらなかった？　今から沢山教えてやるよ』

ワザとらしい仕草で台詞を言ってみた。

そんなキザな台詞、生きているうちに使う機会もないだろうと、ドラマを見ていた。実際言葉に出してみても、もう二度と使わないだろうなと、羊太を見ると——彼は口をパクパクと開け閉めしている。真っ赤なその顔を手で覆った。何故かその手が震えている。

「っ、……うぅっ。なにそれ……強烈すぎる」

「……」

「もう言っちゃ駄目。そういうの俺本当に弱いから。光正さんは様になりすぎて腰砕けそう」

「——……へぇ」

思わぬ形で、羊太の弱点を知ってしまった俺は、あとで試してみようとほくそ笑んだ。


その後3、犬飼溺愛ニュース〔犬飼視点〕　END

あとがき

はじめまして、モトと申します。この度は『犬飼《いぬかい》さんは羊さんでぬくもりたい』をお手に取ってくださり、誠にありがとうございます。

本書を楽しんで頂けますようにと願いを込めながら、このあとがきを書いております。

さて、この話が生まれたのは、一月のとても寒い時期です。寒いなぁと手を擦りながら、よく行く動物園に行きました。

獣人の話を書きたいと思っていましたものですから、動物を見る目も若干、邪《よこしま》な気持ちがありました。そして、私の目に留まったのは、ぬくそうな羊。

北風に吹かれて自分の顔が痛かったので、そのもふもふな毛並みに顔を埋めたいなんて思いながら、とても癒されたので、羊（獣人）を主人公にしようと決めたのです。

動物園から帰って、さて相方はどうしようかなとずっと考えていました。残念ながら、動物園にはピンとくるお相手はいなかったのです。

考えている間にも、夜の室内は冷え込んでくるので、マフラー、編み物、手芸店、珈琲、添い寝……なんて、ぬくぬくな単語が脳内で浮かび上がります。そうして温井羊太《ぬくいようた》とおばあちゃんの設定が出来ました。

相方の犬獣人設定が決まったのは、一番最後だったのです。

そして犬獣人と決まれば、あとは犬種ですね。犬種選びは性格を決めるのに極めて重要です。犬の動画を見まくりました。すると……どうでしょう、どっぷりと犬の可愛《かわい》さの深みにハマり込み、なかなか思うように作業が捗《はかど》りません。

そうして長い時間、犬動画に心を奪われながら出来たキャラが、犬飼光正《みつまさ》です。我慢強くて、でも躾《しつ》けないと手に負えない、それから家では甘えん坊、ちょっと面倒くさいキャラ。もふもふの羊太を溺愛する良いパートナーだと思いました。

あ、動画と言えば……そうです、第二章では犬飼がシェパード姿でいる様子を書くために、シェパードの動画をよく見ました。シェパードが大好きになってしまい、犬飼を書くことがより一層楽しかったです。ただ一つ難を言えば、執筆する手が動画に見惚れて止まることでしょうか。

犬飼がジト目になるシーン、あれは、そういう顔をシェパードもするんですよ。ジト目のシェパード、うーん。可愛くて唸《うな》りましたね。

そんな楽しい執筆でしたが、担当様の存在により一層執筆を楽しく感じることが出来ました。

今まで、自分の中でだけで考えて完結させて発表する。楽しいけれど孤独な作業でもあります。それを読んで下さることに感謝して、また書いて。

その私のルーティンに〝聞いて頂ける〟という楽しさを味わいました。

自作語りやプロットを作ることをしたことがなかったもので、はじめは打ち合わせに尻ごみしながら挑んだのです。そのプロットは書いていないことだらけの不具合な物でした。ええ、当然のことですが、沢山ツッコまれました。そのツッコみの的確さ加減に驚きながら、「私の、脳内ではぁ〜……」という言葉が何度も飛び交いました。

とても有難かったです、私の脳内にあることをしっかりと引き出してくれるようなそんな質問に……ぎょへぇ、すげぇ……となっておりました。その節は、たじろぐ私を見捨てず導いてくださりありがとうございました。

思えば、この作品はとてつもない大きな感謝だらけなのです。

こちらはＷＥＢに公開しておりまして、当時三万五千文字弱の短編でした。読んでくださり、さらに感想まで聞かせて頂き、ずっと嬉《うれ》しい気持ちが続いておりました。いつも励みと元気を頂戴しております。こうして書籍化することが出来たのは読んで下さった読者様のおかげです。

最後になりますが、最高にとてつもなく魅力的なキャラを描いて表現してくださいました末広《すえひろ》マチ先生、担当様、校正、印刷、この本の作成に携わって下さいました全ての方、そして本書を手に取って読んで下さった貴方様に心からの感謝とお礼を申し上げます。

言葉にしましたが、言い足りないほどの感謝の気持ちでいっぱいです。それを胸にこれからも執筆して参ります。

モト

【初出】

犬飼さんは羊さんでぬくもりたい 第一章
（小説投稿サイト「ムーンライトノベルズ」にて発表の作品に加筆、修正を加えたものです。）

犬飼さんは羊さんでぬくもりたい 第二章
（書き下ろし）

その後の話
（書き下ろし）

犬飼さんは羊さんでぬくもりたい

2023年12月31日 第1刷発行

著者 モト
イラスト 末《すえ》広《ひろ》マチ

発行人 石原正康
発行元 株式会社 幻冬舎コミックス
〒151-0051 東京都渋谷区千駄ヶ谷4-9-7
電話03（5411）6431（編集）
発売元 株式会社 幻冬舎
〒151-0051 東京都渋谷区千駄ヶ谷4-9-7
電話03（5411）6222（営業）
振替 00120-8-767643
デザイン 清水香苗 （CoCo.Design）
印刷・製本所 株式会社光邦

幻冬舎コミックスホームページ https://www.gentosha-comics.net